光文社文庫

文庫書下ろし／長編ホラー小説

祝山《いわいやま》

加門七海《ななみ》

KOBUNSHA

JN282053

光 文 社

この作品は光文社文庫のために書下ろされました。

祝山

日本では、怪談の季節は夏と決まっている。

最近、やや崩れてきている感はあるが、それでも書店やビデオ屋がホラー特集をするのは夏だし、数が減ったとはいえ、テレビでも少し心霊番組を流してくれる。

怪談の本番が夏になるのは、お盆と重なっているかららしい。

死者達が、この世に束の間《つかま》の里帰りをする季節。

その季節に合わせて、日本では夏場に怪談が盛んになるのだ。

実際、霊の話をするのは、霊の供養にも繋《つな》がるのだとか。だから、見えない彼らが側にいるとき、現世の人があの世の話をすることで、霊達は慰められるのだ――そんなことを言う人もいる。

しかし、祖先を始めとした幽霊達が戻ってくるのは、お盆に限ったことではない。仏教行事を理由にするなら、春と秋のお彼岸も、彼らは戻ってきているはずだ。

だから、本当は春・夏・秋の年三回、怪談の時期がなくてはおかしい。なのに、やはり、人々は夏が怪異の本番だと言う。

とすると、本当の原因は、お彼岸にはなくて、お盆にだけあるナニカに起因しているに違いない。

ナニカ――夏のみに言われる言葉は「地獄の釜の蓋が開く」だ。

一

「……だけどさあ、地獄の釜の蓋が開く日って、本来は、地獄のお休みを指す言葉だよね？」

受話器片手に煙草を吸いつつ、私はパソコンでメールをチェックした。

電話というのは、どうしても目が暇になる。そこでついついテレビを見たり、パソコンをいじったりしてしまう。

相手の里美も同様だ。

電話口からはずっと、テレビの音声が聞こえてきていた。

まあ、大学時代からの友人だ。まったく気を遣う必要はない。

売文を生業《なりわい》とする私とご同様、芳村里美も自営業で、イラストを描いて生活していた。

美術系の大学を出て、彼女は事実上のフリーターを経、持ち込みからイラストレーターになり、私も事実上のフリーターを経て、持ち込みから作家になった。

大学の専門から考えれば、変化球的な人生を歩んできたのは私のほうだ。が、彼女とは昔から趣味嗜好がよく似ていて、媒体が違うというだけで、作品テーマも似通っていた。

即ち怪談、ホラー、オカルト。格好好く言うなら、フォークロア。

今日も一体、どこから話が転がったのか、私達はさっきから、怪談シーズンはなぜ夏なのかという、意味のあるような、ないような話をしていた。

「その日ばかりは、鬼も罪人を責めないんだって。だから、地獄の釜の蓋が開く日は、コッチの人も殺生《せっしょう》したらいけないんだよ」

『え、そうなの？　私、地獄の釜の蓋が開く日って、幽霊がこの世に、ゾロゾロ出てくる日なんだと思ってた』

受話器の向こうで、里美がやや声を高くした。

私は二件のメールを受信しながら、頷《うなず》いた。

「うん、まあ、いわゆる旧盆だからね。恐山《おそれざん》なんかじゃ、そう言って、その日、お山に死者が集《つど》うってしてるよね。それでイタコが来るんでしょ？」

『そっか。地獄のお休みだから、みんな戻ってこられるのか。とすると？　地獄に堕《お》ちてるような悪人も、この世に戻ってくるってわけ』

「そうなるのかな。悪人だって、誰かのご先祖様だったりするんだろうし」

『まあね』

短い相槌《あいづち》と共に、ガサガサと耳障りな音が届いた。どうやら、スナック菓子を開けたらしい。案の定、口調を不明瞭にして、里美は続けた。

『でも、地獄の釜ってなんなのよ』

「ナニって？」

『炊飯器？』

「バカ」

『じゃ、地獄自体が釜なわけ？』

「え、違うでしょ」

『じゃ……地獄の炊き出し？』

「なんだ、そりゃ」

『いや、地獄の祭日なんだから、釜でご飯を炊いて、死人とか鬼とかねぎらうのかなって』

それ、いい！　と、私は笑い転げた。

『じゃ、是非、今回のネタで使ってね』

里美も笑いながら言う。

――そうだった。

元々、原稿執筆の骨休めに電話をしたのだ。それで、締め切りの話から、怪談シーズンの話になったのだ。

夏に間に合わせるために、私は今、書き下ろしホラーを書いている。夏に間に合わせるということは、即ち原稿そのものは梅雨前には上げねばならない。

今はまだ四月。桜が咲き、散り、新入生や新入社員が意気揚々と歩く季節だ。電車はなんだか混んでるし、夜の町はコンパで浮かれた連中が高声を張り上げてるし、木の芽時の通説どおり、おかしな人も結構、見かける。

その反面、朝晩はまだ冬を留めて、寒がりの私は今現在も炬燵《こたつ》に入って、ノートパソコンを使う始末だ。

いわば一年で一番、腰の定まらない時期というか、怪談で盛り上がるには、最も不適切な季節が今、だ。

一応、小説家になったのち、私はホラーや伝奇、オカルトものだけを十年以上、書き続けていた。ゆえに、この季節感の齟齬《そご》は年中行事みたいなものだ。が、それでも、気分が乗らないときは、どうにもならない。

殊《こと》に今回選んだテーマは、主役に感情移入ができず、序盤から四苦八苦していた。

題材にしたのは「胆試《きもだめ》し」だ。

怖い物知らずの主人公が遊び半分で胆試しに行き、酷《ひど》い目に遭う……。ある意味、ありきたりな物語だ。

もっとも、ありきたりなものが書きたくて、そうしたのだから文句はない。胆試しに行く人が後を絶たないことを逆手にとって、わざとテーマに据えたのだ。

しかし、筆は進まなかった。原因はキャラクターにある。それ以上に、キャラクターに対する、自分自身の批判的な視線が問題だった。

正直、私は胆試しに行く奴は、完全な馬鹿だと思っている。

そこで怖い目に遭うのは自業自得で、悲惨な結果になったところで、同情する余地はない。

それが私の考えだ。

だから、そんな愚かしいことをする主役が、魅力的に描けるはずはなかった。

仕事柄かどうかは知らないが、私はときどき、いわゆる心霊スポットに公私ともに誘われる。けれど、最初から〝出る〟とされている場所に、望んで向かったことはほとんどない。

記憶する限り、喜んで話に乗ったのは、座敷童《ざしきわらし》と河童《かっぱ》の件だけ。事故や事件、怨念にまつわる噂のある地は、むしろ普段から気をつけて、遠ざけ続けているほうだ。

理由はしごく単純だ。私は幽霊を信じているのだ。

いや、わざわざ幽霊を持ち出さなくともいいだろう。他人様の墓や因縁の場にわざわざ出掛け、深夜に馬鹿騒ぎをするなんて、常識的に考えてもよくない事だ。

霊を信じるなら、尚更《なおさら》だ。無念があって、そこに留まっているものを見世物扱いするなんて、決して許されることではない。

少なくとも、私がそこにいる幽霊だったら、遊び半分で来た奴らには、きついお灸を据えてやる。

——そう思っているのだから、自作の胆試しホラーは説教臭く、かつ意地悪な展開になるばっかりで、我ながら無様《ぶざま》な出来だった。

どうしたものか。

できれば題材から考え直したいところだが、そこまでの余裕は残っていない。私は苛立《いらだ》ちを抱えたまま、ここ数日、原稿を書いては消し、書いては消しを繰り返していた。そして、ありがちではあるが、漫画を読んだり、ビデオを観たり、長電話をしたりして、原稿以上に、気分転換という名の逃避に熱心になっていた。

「地獄の炊き出しって。どうやって、そのネタ、使うのよ」

里美の提案にまだ笑いつつ、私は時計をちらりと見た。

午前一時半。

既に一時間、話している。里美も夜には強い質《たち》だが、さすがに、お互い、そろそろ仕事に戻らないとまずいだろう。

それでも、ぐずぐずと話を続け、私はメールの受信箱をクリックした。

ひとつは不用のダイレクトメール。もう一通は、里美と共通の知人である、矢口朝子からだった。

（珍しい）

私は目をしばたたいた。

矢口朝子とのつきあいは、里美よりは短い。しかし、知り合ってからもう、十年近くは経っているに違いない。

最初、女性誌のライターとして、私は彼女を紹介された。確か、当時の新刊のインタビュー取材だったと思う。

インタビュー自体の時間はさして長くなかったが、途中に入った雑談中、ふとしたきっかけで、彼女が里美の家の近所に住んでいたと知ったのだ。

のちに引っ越してしまったものの、中学生の頃は里美と同じ学習塾に通っていて、一緒に遊んでいたという。

それで、戻ってのち、里美に連絡し、偶然だとか懐かしいとか言ううちに、誘い合って三人で映画を観たりするようになったのだ。

一時期は、結構、頻繁に会っていた。それが間遠《まどお》になったのは、彼女が転職したからだ。フリーライターという不安定な職に見切りをつけて、矢口は中堅の出版社に、編集者として入社した。

ビジネス書やノウハウ本を主流とした会社だったため、里美とも私とも、仕事上の縁はなかったが、彼女は、この転職を喜んでいた。

しかし、勤めはハードだった。

日常的な残業は、彼女をひどく愚痴っぽくした。加えて、土日が休みとなった彼女とは、会う機会もめっきり減った。

元々人混みが嫌いな私は、人の少ない平日を選んで出掛けてばかりいる。休みが合わない――いや、これはもちろん私の我儘《わがまま》だったが――矢口の愚痴を聞くために、苦手な雑踏に出掛けていくのは、正直、負担だったのだ。

つきあいは急速に間遠になった。

だから、彼女が体を壊して、退社したと知ったときはもう、お互い社交辞令として「また会いたいね」という文面を交わす程度でしかなくなっていた。

その矢口からメールが来た。

二年、いや三年ぶりか。私は話を続けつつ、メールの内容を確認した。

電話の向こうでは、そろそろ仕事に戻ると、里美が言っている。私はそうだね、と言いながら、

「ところでさ」

と、話を続けた。

「矢口さんが今、何やってるか、知っている？」

『矢口？　仕事辞めてから療養がてら、暫《しばら》くぶらぶらしてたみたいだけど……。どうしたの、急に』

「うん、彼女からメールが来てた」

私は反射的に答えつつ、文面に改めて目を走らせた。

鹿角南《かづのみなみ》さま

こんばんは！

お久しぶりですが、お元気ですか？

私はもう、すっかり元どおりです。

仕事を辞めたのち、暫くアルバイトをしていたのですが、去年の暮れからボランティア・スタッフとしてイベントの手伝いをしてました。

今は、そこで知り合った人のところで働いてます。

面白い人達揃いで、みんな神社や怖い場所が大好きです。

私も影響されて、最近はすっかりハマッて、みんなと一緒に出掛けています。

それで、鹿角さんのことを思い出しました。

昔、原宿で食事した帰りに、夜の神社に行きましたよね~。

あのときは怖いなんて言ってましたけど、今は大好きなんですよ。

夜の神社、いいですよね（笑）。


会社の人達に鹿角さんのことを話したら、結構、みんな読んでいて、一度会いたいとか言われちゃいました。

もし良かったら、久しぶりに食事でもしませんか？

改めて、色々話がしたいです。

矢口朝子

人は、変われば変わるものだ。

つきあっていた当時の彼女は、神社などには、なんの興味も持ってなかった。ホラーや怪談を読んではいたが、飽くまで一読者としてであり、深くのめり込むほうではなかったし、実際、現実のそういう場所に足を向ける質でもなかった。

私は最初、自分と彼女の嗜好の差を見誤っていた。だから、原宿での食事帰りに、神社に寄ろうと言い出して、矢口を面食らわせたのだ。

元々、私はそういった宗教的な施設が好きだ。だからこそ、夜でも平気で入る。

矢口はそれがわかっておらず、神社に入った後、躊躇《ためら》いがちの微笑を浮かべて、小声で私に尋ねてきた。

「鹿角さんは、何か宗教やってるの？」

社寺好きと宗教心は、実はまったく別物だ。

美術や建築的な興味だけで、神社仏閣マニアになることは可能だし、逆に信心していても、そういうものに詳しくなるとは限らない。

もっとも、私は自分でも信心深い質とは思う。が、矢口が暗に懸念した、新興宗教を始めとした、ひとつの宗派の熱心な信者というわけではない。

問いを、私は笑い飛ばした。が、私もそのとき、矢口のことを誤解していたことに気づいた。私は私で、そういう指向性を持つ人は皆、実際に現地に足を運ぶと思い込んでいたのだから。

あれから、五年は経つだろう。

矢口の視点は、私にとってはある意味、大きな収穫だった。

霊など信じていなくとも、神仏などに関心がなくとも、紙上だけでそういうものを楽しむ人達は存在する――。そんな当たり前のことを実感し、以来、私は努めて、そういう読者を頭の隅に置き、ものを書くようになったのだ。

（その彼女が、夜の神社ねえ）

何がきっかけで、楽しいと思うようになったのだろう。

きっかけというより、時代だろうか。

ここ数年で、心霊にまつわる社会的認識は随分、変わった。

オーラや前世を語る番組がゴールデンタイムに進出し、怪談の専門誌なんかも発行された。少し前に流行《はや》っていたホラー小説より一歩身近で、恐怖ばかりを強調しない世界観、ストーリーが、主流になったのだ。

その一方で実話怪談と称される、ある種のリアリティを求められる怪異譚も需要がある。

実話怪談は恐怖に的を絞っているが、身近さという点においては、前者と共通項がある。

そして文芸の一ジャンルとしての怪談は、ミステリーほどではないにしろ、好事家《こうずか》のみならぬ一般読者を獲得したという点で、やはり身近になったと言えよう。

それと相前後して、スピリチュアル・ブームが起きた。

女性誌でも堂々と取り上げられるようになった、このジャンルは、今や、書店の宗教書棚の半分以上を占めている。

よく見れば、その内容は、昔ながらの心霊観を引きずるものがほとんどだ。しかし、一昔前の「心霊」と「スピリチュアル」には、ひとつ大きな差があった。

それは——恐怖の欠落だ。

霊を語り、因縁や除霊を語っても、スピリチュアルを掲げた本には、その恐ろしさはほとんど描かれない。

中には完全な呪術だろうと思う内容もあるのだが、その奥底に潜んでいる、おどろおどろしさは微塵《みじん》も出さない。

そして、オーラとかパワーストーンなどを主流に、徹底的な現世利益を打ち出して、美容の本と見まごうような女性的装幀が施されるのだ。

これもまた、ひとつの〝身近さ〟だ。

心霊という、古代から続く神秘的かつ普遍的なものが、ここ数年、急速に毒を抜かれて稀《き》釈《しゃく》され、私達の周囲に漂っている。

私はそう考えている。

もっとも、私自身、その中に身を置いて、仕事をしているのだから、批判がましいことは言えない。事実、宗教的なものに対するハードルが、低くなったのは有り難かった。オウム真理教の事件以降、宗教という単語だけで、忌避を示す人が随分といた。そのマイナスイメージが、特にスピリチュアル・ブームによって薄められたのは嬉しいことだ。

矢口が突然、神社云々と言い出したのも、この時勢を受けてのことだろう。きっと、もう「何か宗教やってるの？」とは、彼女は聞かないに違いない。

――『矢口、なんだって？』

電話の向こうで、里美が好奇心を覗《のぞ》かせた。

「なんか、神社巡りしてるとか、会いたいとか書いてある」

『へえ。彼女が神社巡りねえ』

里美も、私と同様の感想を口にした。口調が少し皮肉っぽいのは、彼女もまた、数年前の矢口の愚痴の多さには、ほとほとうんざりしていたからだ。

結局、縁はあったけど、縁は続かなかったというわけだ。

里美も私と前後して、矢口と距離を置くようになった。

ふたりの間で、彼女のことが話題に上らなくなってから、もう随分と経つだろう。

そこに、いきなりメールが来たのだ。

里美が、私が、不審がるのも当然だった。

私達は十分ほど彼女の思い出話をし、慌《あわ》ただしく電話を切った。噂話に興じるには、時間が経ちすぎている。もう、仕事に戻らねばならない。

受話器を置いて、改めて、私は矢口のメールを読んだ。

食事の誘いと見ていいのだろうか。返事を出すべきなのだろうか。

なんだか、すごく気が重い。

私はメールボックスを閉じ、原稿を見た。

できれば今日中に、もう少し書いてしまいたい……。

しかし結局、その晩も、仕事ははかどらなかった。

二

「遊び半分に、心霊スポットなんかに行くから……」

美奈は語尾を震わせた。

「祟《たた》りだとでもいうのか？　馬鹿だな。彼女が死んだのは偶然だ」

和紀は顔を強張《こわば》らせながらも、鼻でせせら笑った。

私は溜息をついた。

やはり、どうにも面白くない。

作品の出来は、自分ではなかなかわからないものだ。しかし、作者本人がつまらないと思っているものを、読者が面白がるとは思えない。

売文業としては、商業的に売れるに越したことはないが、たとえ結果が出なくても、最低、自分が面白いと思うものを提供したい。

そうでなければ、小説を書く意味なんかないだろう。

私はパソコンに打ち込んだ文字を数行削除した。

もう何日、似たような作業を繰り返していることか。

気づくと、桜はもう散っていた。パソコンのカレンダーは五月半ばを示していた。日数だけ数えると、締め切りにはまだ余裕があるが、このまま行けば、残りの日など、あっという間に経ってしまう。

私はまた、メールを開いた。

数行書いて消した後、気分転換と称してメールをチェックし、メールがないときは、知り合いのブログなんぞを覗くのが、最近の習慣になっている。

もっとも、ひどいときは数十分置きにメールを見てしまうので、新しい連絡が入っている確率は高くない。

今日も既に数回、チェックしていた。

期待もせずに画面を見ると、新しいメールが一件あった。

矢口からだ。

鹿角南さま

こんばんは！　矢口です！

今回はいきなりですが、ご相談があってメールしました。

実は先日、友達と怖い場所に行ってきました。

胆試し……というヤツですか?

いわゆる廃墟なのですが、もう迫力満点で参りました。

あまりに気味が悪かったので、帰りにみんなで神社に寄って、お祓いしちゃうほどでした。

それで、そのときはスッキリしたのですが、どうも、そのあとから変なことが立て続けに起こっているんです。

それで是非、鹿角さんに相談に乗って欲しいと思ってます。

鹿角さんは霊感あるんですよね?

私はよくわからないので、怖いんですよ。

お願いします!

近々一度、会って頂けませんか?

一応、先にこちらの予定を記しておきますと、来週の水曜日以降の平日、夜八時過ぎなら、いつでも大丈夫です。

久々に、新宿辺りでお食事でもどうでしょう。

お忙しいとは思いますが、どうぞ、よろしくお願い申し上げます。

お返事、お待ち致しております。

矢口朝子

「……はあ」

思わず、声が出てしまった。

一体、何をやっているんだ。

胆試し？　迫力満点？

「楽しそうじゃないの」

皮肉が口から零《こぼ》れ出る。

前回のメールに、結局、私は社交辞令的な返事しかしなかった。

神社云々にも触れず、仕事が詰まっているために、当分、体が空かないと、会うこともやんわり断った。

それ以降、メールが来なかったので、私は安心していたのだ。

別に、矢口と決定的なトラブルがあったわけではない。愚痴の多さにうんざりした部分はあったにせよ、疎遠になった真の理由は、互いの時間帯のずれにある。

だから、本来、会うこと自体を敬遠する理由はない。

だが、私は引っかかりを覚えていた。

以前は必ず、矢口と里美と、私の三人で遊んでいたのだ。誰が誰を誘うにせよ、必ずふたりに声を掛けた。それが今回のメールに限り、里美にはなんの連絡もせず、私だけにメールを寄越した。

モノが怪談やら神社だったから、私を選んだことは想像がつく。しかし、その区別、選ぶという行為に、私は腰が引けたのだ。

矢口の仕事仲間とやらに囲まれるのも、気が重かった。

私はプライベートには、仕事は持ち込みたくないほうだ。書いているものはほぼ、趣味の同一線上にあるけれど、それでも、個人的な社寺巡りと、仕事のときは分けている。

なのに、矢口はそれを一緒くたにして、私を仲間に会わせたがる。

(わかってないなあ)

彼女と会っていたときも、私は一度も、仕事の話はしなかったはずだ。

(まあ、元々、仕事で出会ったんだから、混同するのは仕方ないとして……なんで、今、書いてる小説と似たようなことをするのかね)

心霊スポット巡りをして、酷い目に遭う連中を、けなしたくて仕方がないというのに。

私はそこまで考えて、もう一度、メールを読み直した。

(取材……できるかも知れないな)

今の作品における失敗は、私が胆試しをする人の心性を理解してないことだ。だから、やたらと批判的になってしまうし、彼らの行動も把握できない。それを理解するためには、そういうことが好きだという人達を知ってこそだろう。

そのための、素材がここにある。

メールの文字を眺めつつ、私は頭を働かせた。

(取材をしたら、批判的なことを書くことはできないか？　いや、最初から、手の内を明かせば失礼にはならないはずだ。どのみち、相談とやらに乗れば、私は説教するに決まっている。否定的だというスタンスを、ちゃんと明確にしておけば、大きなトラブルにはならないはずだ)

多少、自分に都合のいい理屈をつけたのは承知の上だ。だが、私はこのタイミングを逃《のが》したくはないと思った。

何にしろ、原稿が進まないのだ。このままパソコンを睨んでいるより、建設的なのは間違いない。

（取材と思えば、初対面の人間相手でも構わないしね）

私は矢口にメールを送った。

会いたい、と。

そして、やや婉曲に、胆試しには否定的だと記しておいた。

※　※　※

指定の中華料理屋に行ったのは、翌週、木曜の夜だった。

梅雨を控えて、東京は蒸し暑い夜が続いていた。

中でも、繁華街――新宿歌舞伎町の界隈は、室外機から漏れる暖気や、食べ物の臭い、大勢の人の体温で、独特の不快さがあった。

無意識に息を詰めながら、私は店の中に入った。

ガラスの自動ドアの向こうは、冷房が効き過ぎている。

突然の冷気にまた、息を詰め、私は矢口の姿を探した。

彼女はすぐに気がついて、こちらに向かって手を上げてきた。私は手を振りかえしつつ、素早く相手を観察した。

大きな目が印象的な、派手な顔立ち。窶《やつ》れて、ギスギスしていた頃は貧相なイメージが強かったけど、今は快活な雰囲気だ。そして、仕事帰りだというのに、スーツも着ていない。インディゴ・ブルーのTシャツに、ジーパン。

ということは、それが許される仕事をしているということだ。

同じテーブルに着いているのは、男がふたり、矢口を含めて女もふたりだ。皆、同じようにラフな姿で、私に振り向き、会釈した。

「久しぶり」

快活な口調で、矢口が椅子を勧めてきた。

「早かったのね。それとも、私、時間を間違えた？」

私はそんなことを言いながら、残りの三人と挨拶を交わした。

名乗るのは、互いに名前程度だ。

私としてはもう少し、彼らのことが知りたかったが、自分自身、詮索《せんさく》がましく尋ねられるのは好きではない。

肩書きより、今晩、彼らとどういう距離を取るべきか。私はそちらを意識した。

私の正面に座った、田崎正人《たざきまさと》という男性は、顎に鬚を生やしていた。

私よりやや年上だろうか。

小太りで、笑顔の似合う童顔は「クマさん」などと呼ばれるタイプの典型だ。

その隣の男性は「クマさん」より、五つ六つ年下だろう。小野寺淳《おのでらじゅん》と名乗った彼はイケメン風で、どこか、作ったような、はしゃいだ空気を纏《まと》っていた。

斜め向かいの女性は、若尾木綿子《わかおゆうこ》。

きめ細かく、白い肌が印象的だ。年は一番、若かったけど、全体には一番地味で、おとなしい雰囲気を持っている。

三人は各々、好奇心を覗かせて、私のことを見つめていた。

値踏みをするのは、お互い様だ。彼らに私がどう映ったか、それは知りようのないことだった。が、取り敢えず、私はメールに記してあった「怖いんですよ」が、ガセだったことを確信した。

胆試しに行ったのは、確かだろう。だが、彼らには、

(緊迫感がない……)

私は過去に何件か、心霊的な相談を受けたことがある。

そのほとんどは、悪い夢を見たとか不幸が続くとか、部屋におかしな気配があるとか、ある意味、たわいないものだ。

しかし、中には深刻な状況を訴えてくるケースもあった。

もちろん、霊能者ではないので、その手の解決はできないが、好きで学んできた知識を使って、アドバイスをしたことはある。

中には、完全な被害妄想というものも含まれていた。しかし、妄想にしろ勘違いにしろ、彼らは身の回りで起きた不可思議に、真実、怯えきっていた。

話をしている最中に、恐ろしい記憶を反芻《はんすう》し、涙ぐむ人も少なくないのだ。

そして、そういう話を持ち込んでくる人達は、知人でも初対面でも、声を潜めて、戸惑いがちにこう切り出すのが常だった。

――「あの、ちょっと、聞いて欲しいことがあるんですけど」

その台詞《せりふ》を口に出すとき、彼らは独特の雰囲気を纏う。

信じてくれるかという疑いと、己の精神が正常かどうかという疑問、そして、それをどう受けとめて、どんな答えを導き出すのか……私に対する疑いだ。

多分、プロの霊能者には、そんなふうには言わないのだろう。霊能者に相談する人は、彼らに会うことを決めた時点で、起きた出来事が日常とは異なった、何かであることを確信している。だが、私のような人間には、彼らはまず、自分を信じてくれるか否か、その不安から出発するのだ。

しかし。

今、前にいる四人には、その感情が欠落していた。

仲間がいるということで、心強くなっている部分もあるだろう。けれども、その顔つきに、高揚感や期待はあっても、不安の影は窺《うかが》えなかった。

(やっぱりなあ……)

「胆試し」と記してきたとおり、彼らにとっての心霊スポットはお遊びで、そこで得られた恐怖も所詮《しょせん》、遊園地のお化け屋敷程度のものに違いない。

私はつまらなくなった。

取材と割り切った片隅で、すごい怪談が聞きたいという単純な欲も持っていたのだ。

こういう仕事をしているくらいだ。怖い話自体は、嫌いではない。自分で体験するのは嫌だし、相談を受けるのも荷が重いけど、いわゆる実話怪談を聞くのは、むしろ好きだった。

だが、それも、このメンバーでは望み薄な感じがする。

(ただの飲み会と思えばいいか)

正直、がっかりしたものの、打算ばかりで過ごしては、自分が少しも楽しくない。相手のことはよく知らないが、並んだ料理は美味《うま》そうだ。

青島《チンタオ》ビールで乾杯したのち、私はまず、紋甲烏賊《もんごういか》のオイスターソース炒めに箸を延ばした。

皆もすぐに本題に入るつもりはないらしい。彼らは私の本の感想を言ったりしながら、漸《よう》く自己紹介を始めた。

四人は輸入食料品を扱う会社に勤めていた。市ヶ谷にある小売店舗の隣には、同じ経営者が開いたカレー専門店があるらしい。

オーナーは別で、食料品店の雇われ店長が「クマさん」田崎。小野寺はそこのアルバイト。若尾はカレー屋のアルバイト。そして、矢口は食料品店の店員であり、その会社のホームページやメルマガの制作スタッフでもあるという。

「料理のレシピとか書いているのよ」

矢口が照れたように笑った。

「なるほど。だから、美味《おい》しい店も知っているのね」

お愛想でもなく、私は言った。

矢口はきっと、実用書系出版社で身につけたノウハウをコンテンツに活かしているのだろう。

確かに、職場は、彼女にとっては楽しそうに思われた。そして、エスニック系に傾倒する人の数割が、宗教的なものに惹かれるように、彼女もまた、そういうものを身近に置くようになったのだ。

私は矢口のTシャツの柄が、ルーン文字を鏤《ちりば》めたデザインであることに気がついていた。

そして、小野寺は左手首に、水晶と、オニキスに天眼石をあしらったもの、ふたつの腕数珠を着けている。

(魔除《まよ》けかあ……)

三つの石はいずれも魔除け、邪念除けだ。

知識を持つ私も私だが、天《あま》の邪鬼《じゃく》な性格ゆえか、どうも、こういうものを見ると、こそばゆくなる。

(魔物とかが怖いなら、胆試しなんかしなけりゃいいのに)

私はそんなことを思って、新たに運ばれてきた空芯菜を口に運んだ。

矢口達が本題を切り出したのは、それから少し経ってのち、ひととおり料理が並んだ後だ。

口火を切ったのは、田崎だった。彼は咳払いをして、肩を竦《すく》めてから、話し始めた。

「ヤグっちゃんからメール行ったと思うけど、実はこの間、この四人で胆試しに行ってね。そこで変なことが起こったんですよ」

「神社でちゃんとお祓いしたのに、怖いことが起きたって聞きましたけど?」

私はまだ箸を止めずに、上目遣いで彼を見た。

「そう。それで、相談に乗って欲しくて……。鹿角さん、見える人なんでしょう?」

田崎は目を細めて笑った。私も微笑《ほほえ》み返しつつ、

「別に霊能者じゃないですから」

やや不明瞭に呟《つぶや》いた。

幼い頃から少々、不思議なものを見ているのは、否定しない。私はそんな体験を元に、本を書いたりもしてるのだ。

だが、私に霊能力はない。

霊能というのは、能力であり、対象になんらかのアクションを起こせるものでなくてはならない。私の場合はただ、見えるだけ。いわば視力がいいだけで、見えたものの正体も、その原因もわからない。

しかし、その差を知る人は、あまりいないと言っていい。

だから、私なんぞのところにも、見えると公言しているだけで、相談事が持ち込まれるのだ。

私自身も差を知ったのは、霊能者と呼ばれる人が周囲に現れてののちだ。以来、私は「見えるだけ」ということを、事あるごとに強調してきた。

だから、このときもそう言って、出端《でばな》を挫《くじ》くことは可能だった。

しかし、私にはまだ、欲があった。

ここで相手を突っぱねて、のちの話が続かなくなってしまうことを、私は怖れた。

私は口を濁して、続きを待った。

案の定、田崎らは、私の曖昧《あいまい》な牽制《けんせい》を看過し、事の経緯を語り始めた。

三

彼らが胆試しに行ったのは、ゴールデン・ウィーク直後だった。

連休中は店を開けたため、その翌週の平日に、彼らは休みを取ったのだ。

向かったのは、群馬県。

そこに最近、〝出る〟と有名な廃墟が建っているという。

「ネットで話題になっていますよ。かなりの高確率で見るってね。工場の跡地なんですが、元々曰《いわ》くのある土地だったということです。それを知らずに村外から土地を買い、住居と製材所を置いたんですが、従業員、家族が次々におかしくなって、自殺や病人、異常者が続出したんだそうです。そして会社も倒産し、結局、最後に残った社長も、首を吊ってしまったそうです」

田崎は話した。

聞いて、私は眉を顰《ひそ》めた。

「その情報は、一体、どこから？」

「ネットの掲示板ですよ。みんな、結構、マメですよねえ」

彼は白い歯を見せた。

得た情報の半分も信じていないのが、よくわかる。

不特定多数が出入りする掲示板を鵜呑みにするほど、単純ではないというところだろう。

だが、情報は信用できずとも、現地を訪れた人々の報告はそそった、と彼は続けた。

「現場で撮った写真を、アップしている人もいましたね。顔らしきものとか、光や靄《もや》とか、結構、色んなものが映っていて……それを見せたら、小野寺が行ってみたいと言い出したんです」

「俺、本物の心霊写真は、まだ見たことがないんスよ」

田崎の視線を受け、小野寺が頷く。

彼は写真を撮るのが趣味だという。少しは知識も持っているので、贋物の心霊写真なら、見破れる自信があるらしい。

「だけど、中には本物臭いものもあってさ。自分じゃ撮ったことがないから、撮ってみたいって思ったんだ」

肩を揺すって、小野寺は笑った。

なるほど。彼には彼なりの目的があったらしい。

私は小野寺に頷いて、残る若尾に視線を移した。彼女はどういう興味を持って、胆試しに参加したのか。

「矢口さんが……」

視線に数度瞬《まばた》きし、彼女は眉尻を下げて微笑んだ。

「女性ひとりで行くのは嫌だから、つきあってって言ったんです」

「じゃあ、乗り気じゃなかったの？」

取材っ気を見せて、私は訊いた。

「でも、ドライブは気持ち良さそうだったから。嫌だったら途中で降りて、電車で帰ろうと思ってたんです」

「そんなことを言ったって、結局、一番、若尾が盛り上がってたじゃん」

強い物言いをして、矢口が笑った。

若尾はまた、目をしばたたき、ビールグラスに視線を隠した。

(このふたり、反《そ》りが合わないのかな)

私はそんなことを思って、田崎に先を促《うなが》した。

彼は布製のバッグから地図を出し、広げながら、続きを語った。

朝、店の前で集合し、ドライブがてら、彼らは現地を目指した。

今年のゴールデン・ウィークは、生憎《あいにく》、雨が多かった。東京は既に晴れていたが、北関東の方はまだ、小降りながらも、雨が残っていたという。その中、彼らは長瀞《ながとろ》で遊び、夕刻前に、現地を目指した。目的地は、群馬といっても、埼玉との県境近くだ。日暮れ頃には着くと思っていたのだが、予想以上に道は遠く、加えて途中から、完全な山道になってしまったという。

「考えてみれば、製材所の跡なんだから、山にあるのは当たり前なんですよ。でも、地図ではよくわからなくって、結局、曲がりくねった道を延々上ることになりました」

田崎は料理の皿を押しやり、テーブルの上に地図を広げた。予《あらかじ》め、鉛筆でつけられた丸印の地点を見ると、かなり等高線が込んでいる。

身を乗り出し、私は地図に見入った。

得意というほどではないが、取材を重ねていくうちに、私は地図が読めるようになっていた。加えて、仕事とは離れた部分でも、旅好きの私は基本的に、地図を見るのが好きだったのだ。

印のついた周辺は、県道こそ走っているものの、山と山とに囲まれた谷筋に近い状況だった。近くにゴルフ場があるので、平地に近いと考えたのか。いや、多分、完全に地図を読み損ねたのだろう。

近隣にそれなりの山があり、標高でも記されていたならば、彼らも気づいたに違いない。しかし、ポイントの周辺は、小さな活字で村名が書かれているだけで、山間部を臭わせるものは存在しなかった。

とはいえ、少し離れたところには、千メートル前後の山が並んでいる。彼らの辿《たど》った道筋は、そこに向かう上りになるから、標高は低くて五百くらいか。

「寒かったんじゃないですか？」

近くに沢が走っているのを見て、私は訊いた。

「そうなのよ」

矢口が口を尖《とが》らせた。

日没後まで降り続いた雨も手伝って、先に行くほど、気温は急激に下がっていった。

車のヒーターを入れて凌《しの》いだものの、上着も持っていなかったので、現場で外に出たときは、唇が震えるほどだったという。

「なのに、店長と小野寺君は体温高いから、平気らしくて。さっさと懐中電灯持って、車のエンジン、切るんだもん」

幸い、傘だけはトランクに一本入っていた。

それを女ふたりで差して、男性達を先導に、四人は廃工場に向かっていった。

「真っ暗で、人もいないし」

小野寺が当たり前のことを呟いた。

時間はまだ、午後七時を回ったばかりだ。都会なら、昼と大差ない。しかし、山の中はもう、音も色もなく、ただ暗かった。

少し前の道までは、疎《まば》らながら人家もあった。が、製材所の近くは、それもない。間遠に輝く電灯だけが、なんとか彼らの視界を保ってくれていた。

製材所と道の境に、錆びた鉄の門扉があった。

但し、鍵は掛かっていない。過去の侵入者によって、壊されたのか。

四人もまた、これ幸いと、門の奥に入っていった。

トラックなどを停めたのか、手前のかなり広い範囲は、コンクリートを流した平地になっていた。今はそこに亀裂が入り、あちこちから背の高い雑草が、突き出している。

正面には、横長の事務所らしき建物がある。右手は鉄骨で組まれた作業場。噂どおり、左側には住居もあって、その建物だけが、木造の伝統的な日本家屋だ。

いずれにせよ、それらすべては傾《かし》ぎ、ひび割れ、錆び、壊れ、蔦《つた》を始めとした様々な植物で覆い尽くされていた。

「近づいてみると、作業場には角材とかが倒れてましたね。もっとも、もう黒ずんで、よく見ないとわからないほど、草に埋もれていましたけれど。僕達はその脇を通って、最初に事務所に行ったんです」

説明は、主に田崎が続けた。

ネットで拾った情報では〝出る〟場所は、決まっていないらしかった。

ある人は、事務所の中に作業員の影が見えると言い、別の人間は、住居の中から女の声がすると語った。

建物の外でも、黒い塊が動いていたとか、材木が倒れる激しい音が聞こえただとか、バラエティに富んでいる。

「といっても、掲示板に書き込んだ連中のほとんどは、何も見ていないんですよ。友達から聞いたというものばかりで、自分が行ったときの感想は、怖かったとか、マジヤバイとか。ま、そんな程度のものでしたよね」

揶揄《やゆ》するように、田崎は言った。

やはり、霊現象を信じていると見なされるのは、忸怩《じくじ》たるものがあるのだろう。

彼は遊びのひとつだという、ポーズを保ち続けていた。

しかし、私は話を聞いて、胃の辺りに不快な重みを感じた。

この感覚は不安に似ている。

だが、私は、

（気味悪い）

その感覚を分析した。

田崎はただ、掲示板の情報を羅列しただけだ。そして、それらが体験者の登場しない、噂話だと告げたのだ。

にも拘《かか》わらず、私は話に、リアリティを感じていた。

原因はわからない。

元々、人が思っているより臆病なので、勝手に想像力を膨らませ、怖くなっただけかもしれない。

いや、そう思うことこそ、臆病の証《あかし》だ。

私は、この感覚を知っていた。

道の向こうから、急ブレーキと濁った悲鳴が聞こえてきたとき。

独り暮らしの老人の家に、救急車が停まったとき。

感じたことのないうねりとして、阪神淡路大震災の揺れを東京で感じたとき……。

――凶事を控えた胸騒ぎ。

その感覚を、私は今、感じている。

但し、今回の場合は未だ、理由も結果も明確ではない。言うならば、これこそ、ただの勘に近いものだった。

「それで？　実際、どうだったんです」

私は唇だけで笑み、彼に先を促した。

「そこでは、何も起きなかったの」

矢口が横から話を奪った。

「確かに気味悪かったけど、心霊現象はなかったわ」

事務所の中は、机や椅子が散乱し、荒れ放題になっていたという。窓ガラスも割れ、床には書類が大量に散らばっていた。

彼らはその原因を、胆試しに来た連中の悪戯《いたずら》だと判断した。

実際、漆喰《しっくい》の壁には、スプレーペンキで様々な落書きがされていた。

それらは暗い屋内を一層、禍々《まがまが》しく見せると同時に、胆試しに来る連中の、頭の出来をも明示していた。

「こいつらと同じ事してるって思ったら、急に白けちゃってさあ」

肩を竦め、矢口は苦笑した。

「いい年して、何やってんだか」と、四人は自嘲したという。しかし、せっかく来たのだからと、結局、彼らは懲りずに探検を続行した。

女性ふたりは、既に寒さで戻りたいとゴネ始めている。ゆえに四人は素早く事務所を後にして、急ぎ足で住居に向かった。

朽ちた家は木造家屋だ。かなり本格的な造りで、上がり框《がまち》などは、檜《ひのき》の一枚板を使っている。建てた当時は、さぞ贅沢《ぜいたく》な建物だったに違いない。

だが、それも今は昔の話だ。

完全な日本家屋ゆえ、住居のほうが事務所より原形を留めていなかった。

悪戯書きなどではない。何より彼らを驚かせたのは、縁の下から畳を突き抜けて生えている、竹や樹木の類だった。

「まるで、家の囲いの中に森が現れたみたいだった」

小野寺は言った。

作業場にも植物は繁茂していたが、家の中の比ではない。そこだけが周辺の山と繋がって、山の一部になろうとしている。そんなふうに見えたのだという。

居間と奥の間《ま》を繋ぐ廊下だけが、なんとか歩けた。

土足のまま、そこに踏み込むと、奥はいよいよ草木が茂り、撓《たわ》んだ竹が枯れた葉枝で、彼らの侵入を阻《はば》んでいた。

小野寺が、竹の葉で手を切った。

田崎に沢山の藪蚊が集《たか》った。

現実的な攻撃に、彼らは慌てて踵《きびす》を返した。

「そうしたら、若尾ちゃんが悲鳴を上げたんだ」

田崎は、若尾を流し目で見た。

「突然、高い声で叫んで、若尾ちゃん、後ろにいたヤグっちゃんを突き飛ばして逃げたんだよね。どうしたって訊くと、竹藪の奥を指差して逃げていく。それで、居間の隣の部屋を懐中電灯で照らしてみたら、藪の向こうに、まっ黒い、仏壇があるのが見えたんだ」

仏壇は、かなり大きかった。

その扉が半分開いて、埃《ほこり》まみれの位牌《いはい》が三つ、倒れて転がっているのが見えた。

懐中電灯の光を受けて、位牌を縁取った金箔と、鈴《りん》だけが、鈍く輝いている。

それを確認した途端、残りの三人も声を上げ、慌てて車まで走って逃げた。

「……位牌が置き去りになってるなんて、やっぱり只事じゃないでしょう」

矢口が声の調子を落とした。

温くなったビールを含み、田崎は改めて身を乗り出した。

「あとで、ネットで確認しても、そんなこと、どこにも書いてないんだよ。というか、居間の奥に進んだのは、僕達が最初だったみたいでね」

自慢にも聞こえる言い方だった。

私は四人を見渡した。

若尾は神妙な顔つきだ。矢口も眉を顰めている。小野寺は腕組みをして、まるで、傍観者のような振る舞いだ。そして、田崎はまだ、笑っている。

「車に戻ると、四人とも、藪蚊に食われてボコボコでしたよ」

彼はシャツを捲《まく》って見せた。

右手の肘に掻き壊してしまったらしい、赤い蚯蚓《みみず》腫《ば》れが走っていた。

「あまりに痒かったので、早く町に出て、ドラッグストアで薬を買おうと思ったんです。ところが、車を出すとすぐ、若尾ちゃんが気分が悪いと言い出しましてね。そうしたら、ヤグっちゃんが、お祓いをしようと提案したんです」

「私も気持ち悪かったから」

再び、矢口が話を継いだ。

「地図を見たら、ちょっと奥に入ったところに、鳥居のマークがあったのよ。車で十分も掛からないみたいだったから、そこに行こうって誘ったの」

「夜の神社に行ったんだ」

私はわざと、明るい声を出して笑った。胃の辺りはますます重い。

矢口も軽く笑い返して、細かく幾度も頷いた。

「もう平気だし、あのときは非常事態だったから、なんとかしたいって思ったの」

「へえ」

「ともかく、そこで、お祓いしてね。そうしたら、漸《ようや》く、みんな落ち着いたのよ」

「お祓いって？　何したの？」

「私と小野寺君で、『大祓《おおはらへ》』を唱えたの」

「『大祓』？　暗誦してるの？」

「そうよ」

明快に、彼女は首を縦に振る。

私はまた「へえ」と呟きながら、矢口と小野寺を見比べた。

腕組みしたまま、小野寺が微かに得意げな顔をした。

私は一瞬、眉根を寄せた。

『大祓』は、有名ながら長い祝詞《のりと》だ。それを暗誦するというのは、即ち、それなりの数を日常的に読んでいるということだ。

基本的に、私は素人は、そんなことをする必要はないと思っている。

神社では普通に拍手《かしわで》を打ち、目を閉じて祈れば充分だ。だが、このところ、神社で祝詞を唱えたり、寺で真言を唱えたりする連中が、目につくようになってきた。

もちろん、行為そのものは、非難するには当たらない。けど、私はそういう人達が、往々にして傍若無人で、選民主義的な態度を取るのを、今まで何度も目にしていた。

彼らはそういう知識を持っている分、普通の参拝客よりも、格が高いと思っているのだ。

だから、余人の迷惑も考えず、声高《こわだか》に祝詞を唱えたり、集団で拝殿の正面を長々と占領したりする。そして、場合によっては、石段の途中に座り込み、瞑想もどきをしたりして、参拝そのものの邪魔をするのだ。

いわゆる、イッてる人達だ。

そういう人が今、増えている。

いや、まともか、どうかの問題以前だ。他人に気を配ることもできずに、一般道徳を無視する輩《やから》が、神のなんのを言う資格はない。私はそう考える。

だから、ふたりが祝詞を暗誦していると聞き、正直、私は不安になった。

(矢口は小野寺の影響を受けたのか？)

そして、町中の神社でも、同じ事をしてるのだろうか。

彼女達の常識が狂ってないことを願いつつ、私は皮肉に聞こえないよう、注意しながら、言葉を接《つ》いだ。

「そこできちんとお祓いしたのに、おかしな事が起こったの？」

「大したことじゃないんだけどさあ」

小野寺が組んでいた腕を解いた。

「帰ってから、結局、ユウちゃん……若尾さんが、熱を出して寝込んじゃったんだ。ま、ただの風邪だったんだけど。だけど、おかしな写真が撮れて」

「あ、写真はちゃんと撮ったんだ」

「うん。家の中は、玄関ぐらいしか撮る余裕はなかったけれど、ほかは結構、撮影したよ」

言いつつ、彼は鞄からノートパソコンを取り出した。

写真を見せるつもりなのだろう。

それを立ち上げている横で、田崎が小野寺を肘でつついた。

「若尾ちゃんが倒れただけじゃないだろう。町に出る前に、車の調子もおかしくなっちゃったじゃないか」

「アクセル踏んでも、全然、スピードが出なくなったんだよね」

「あれは半分、ガス欠だろう」

田崎と矢口ふたりの抗議に、パソコンを見たまま、小野寺が言う。

やはり、彼は私の言葉に傷ついたらしい。

お祓いは成功した。ゆえに、後は単純なトラブルだと考えたいのだ。

（プライド高いな）

自分に、霊能力があると思っているタイプか。だから、凝った腕数珠を着け、贋物の心霊写真なら見破れると嘯《うそぶ》いたのか。

（でも、だったら、どうして、私なんかを呼び出したんだろ）

不審がある。

しかし、今すぐ、確認を取ることもない。私は彼が差し出してきた、ノートパソコンを受け取った。

既にファイルが呼び出されている。

「一応、全部見てくんない？」

彼は軽い口調で言った。

私は無言で頷くと、膝の上にパソコンを置いた。

日暮れ過ぎの雨という条件ゆえに、写真の状態は悪かった。それぞれ、フラッシュを焚《た》いたものと焚かないものの二枚があるのは、効果を考えたというよりも、心霊写真を撮るほうを優先させた結果だろう。

フラッシュ無しの写真はほとんど、ただの闇という状態だ。光源を確保した写真のほうも、奥はほぼ、夜に埋没し、手前の門扉の錆びた赤やら、コンクリート敷きの地面に溜まる雨水ばかりが浮き立っていた。

確かに陰気な写真だったが、夜の廃墟という条件を超えた恐怖は感じない。

私は一応、丁寧に見ながらファイルを送っていった。

画像は道の外から、敷地の中、と、歩いた道筋どおりに続いていく。

作業場の写真が現れた。

それを見て、私は思わず、

「ああ、オーブ……」

と、呟いた。

「そう。それ、ちょっと面白いだろ」

小野寺が浮かれた声を出す。

「この手が何枚も写ったんだ」

暗い風景の中にいくつか、白く円《まる》い光が写っている。

濃淡のある、この球体はオーブと呼ばれているもので、心霊現象のひとつとして、最近では認知されている。

　確か十年ほど前に、西洋から持ち込まれた概念だ。霊体だとか精霊だとか、その解釈は様々だったが、しかし、またも困ったことに、私はオーブの写真には、ほとんど心が動かなかった。

　否定しているわけではない。が、怪談好きとして言わせてもらえば、オーブ写真はつまらないのだ。

　そこにはいない人が写っていたり、あるべき身体部分が欠損していたりするほうが、わかりやすいし、面白い。ただの球体では、「光が写っている」以外の感想を持つのは難しい。

　実際、このブームの初期に、イギリスかどこかで撮られたという、動き回るオーブのビデオを観たときも、こんなテンションの低い映像に、大騒ぎをしなくても……と、鼻白んだのを憶えている。

　何よりも、オーブが日本に定着するにつれ、それを超常的なものとして紹介する比率が増えたため、心霊写真自体の質が下がった。

　そのことが、私にはつまらなかった。

　加えて、小野寺の写真は、雨の屋外で撮られている。リアリストでなくとも、雨粒が反射しただけではないのかと、疑いたくなってくる。

私は評価を保留して、取り敢えず、先を見続けた。

次の写真も作業場だ。

さっきより少し大きめの、薄いオーブが散っている。

それを眺めて、なんとなく、私は写真に違和感を覚えた。

何がおかしいのか、わからない。だが、何かが前の写真と違う。

私は気になりつつも、すべての写真を先に見てみることにした。

人物はひとりも写っていない。

暗くて陰気な景色ばかりが、次々に現れる。その中、ときどき、オーブが写る。

ひとつ、また、変わった写真があった。

オーブではなく、煙草の煙に似たものが画面の隅に漂っている。

「これは？」

今度は、小野寺に訊いてみた。

「それも面白いでしょう。事務所の玄関から、外を撮った写真なんだ」

白い靄の漂う写真も、心霊写真では定番だ。ものによっては、煙は輝く様子を示し、被写体を隠してしまったりする。

それに比べると、この靄は、写真の左手から舌を伸ばすようにして、薄く漂っているに過ぎない。

（でも、事務所の左……ということは、作業場のある方角か）

先程の違和感を頭に置いて、私は次の画像を開く。

再び、手が止まった。

「雨が急に強くなってさ」

写真を覗いて、小野寺が言う。

説明どおり、画面一杯、細かい雨粒が散乱している。まるで、黒い画面の上に、白い筋を描いたようだ。

しかし、私は雨の模様に引っかかったわけではなかった。

先程の作業場と、同様の違和感がある。

「ここは、どこを写したの？」

「暗くてほとんど見えないけれど、門のところに戻ってから、事務所と家を入れたんだ」

斜めに白く流れていく雨の軌跡の向こうには、確かに薄ぼんやりと、事務所のシルエットが写っている。けれども、住居は見当たらなかった。

暗くて、判別できないのか。

違う。

何かは、写っている。

私はそこを注視して、

（なんだ……）

目から力を抜いた。

単にブレているだけだ。

シャッタースピードが遅かったため、手ぶれを起こしたに違いない。

私はそう考えて、そののち、改めて眉を顰めた。

ブレているのは、家のある左半分だけだった。

雨の流れは均一だ。遠景とはいえ、事務所のシルエットも定まっている。なのに、左側だけが、少しの歪みを呈しつつ、縦に流れて乱れている。

急ぎ足で残りのファイルを繰ると、最後に鳥居の写真が出てきた。

お祓いに行った神社だろう。

天候のせいか、ここにも薄く、靄のようなものが漂っている。

「山神社」

私は鳥居に掛かった額束《がくづか》を読んだ。

「単純な名前の神社よね」

矢口が小さく肩を竦めた。

私はそれに相槌を打ち、

「もう一度、見せてね」

と、ファイルを戻した。

最初に気になったのは、雑草の茂る作業場を写した一枚だ。

手早く、そこまでファイルを送る。

疎《まば》らな光点の飛び交う背後が、やはり奇妙にブレている。

こちらこそ、一見、単純な手ぶれのようにも思えるが、オーブの円は綺麗なままだ。

私はちらりと、小野寺を見た。

写真に詳しいというのなら、なぜ、それを指摘しないのか。私のことを試しているのか。

それとも、こういう現象は、技術的に説明がつくのだろうか。

「この写真は、ただの手ブレなの？」

パソコンをテーブルの上に置き、私は疑問を口にした。

二枚の画像を指摘すると、小野寺の口が奇妙に歪む。

「本当だ！」

矢口がはしゃいだ声で叫んだ。

「へえ」

田崎が目を丸くする。

「なんで、気づかなかったんだろう……」

小野寺が不可解だという表情になった。

「だから、ね？　鹿角さんに来てもらってよかったでしょ！」

その肩を叩いて、矢口が笑った。

――なるほど。

小野寺は、私を呼びたくなかったらしい。お祓いはきちんとできたんだから。

(これで、彼への疑問は解けたな)

だが、私はまた胃が重たくなった。

こういう写真は、気がつく人と気がつかない人がいる。

普通の場合は、細部まで注意を配ることがないために、見落とすというパターンだ。

だが、彼らは心霊写真を求めていた。少しの異常も見逃すまいと、目を配ったはずである。

手前のオーブや、雨粒に気を取られた部分もあるだろう。とはいえ、理由はそれだけではない。

私は過去、何回か、そういう場面を目にしてきたし、自分自身でも経験している。

他者が容易に指摘できる不可思議を、本人が自覚できない場合——それは、気がつきたくないときだ。または、異常そのものに〝巻き込まれて〟しまっているときだ。

(そうなのか?)

私は小野寺を見た。横を向き、煙草に火を点けている。

田崎を見た。微笑んでいる。

矢口を見た。まだ写真を眺めている。

若尾を見た。私を見ている。

彼女は強張った笑みを唇に貼りつけ、じっと私を見ていた。

顔色が悪い。

無言のまま、私は彼女に問いかけた。

若尾が口を開こうとした。途端、

「あ。フリーズしちゃったわ!」

素っ頓狂な、矢口の声が響いた。

四

結局、原稿の参考にさせて欲しいとは言い出せなかった。

あののち、パソコンのフリーズが、アヤシイ現象ではないかと騒ぎになって、話はとりとめのないままに、散会となってしまったのだ。

ちなみに、ノートパソコンは、バッテリー切れということで、その日は二度と立ち上がらなかった。

充電を忘れた小野寺は、田崎に散々詰《なじ》られた。彼は準備はきちんとしたと、最後まで強く言い張った。そして、それもまた、心霊現象のひとつだという解釈を為した。

——そういうこともあるだろう。

努めて、私は偏らないように考えた。

実際、これもまた、霊現象を語る場面では、あまりにありがちなエピソードだ。

私はそのことよりも、相変わらず進まない原稿と、若尾のことが気になっていた。

遮《さえぎ》られた言葉が聞きたくて、私は彼女に帰り際、そっと名刺を手渡したのだ。

最後まで、彼女は寡黙《かもく》なままだった。

会った当初の雰囲気は、控えめながらも、他の三人と大差ないものに見えていた。口数が少ないのは単に、性格的なものだと思っていたのだ。

しかし、私を見ていたあの眼差しには、本物の恐怖が宿っていた……ような気がする。

(彼女は、何か知っているのか？)

どう構えても、自分の中に好奇心があるのは否めない。

結局、取材のなんのと言っても、私自身がオカルトや怪談の愛好家なのだから、面白そうな話なら、打算抜きでも聞いてみたい。

加えて、よく言われることだが、私はお節介なのだ。

今までも、人に頼られ、出来もしないことに手を出して、苦労したことは幾度もある。正義感というよりは、断るのが下手なだけ。それもわかっている。けれど、「困った」と口にされると、ついつい相談に乗り、何か解決策はないかと、うろつき回ってしまうのだ。

若尾は何を言いかけたのか。好奇心がある。

泣きそうな顔をしてなかったか。お節介者として、気に掛かる。

私は彼女からの連絡を待った。

だが、翌日、電話は来なかった。その次の日も。

(ただの勘違いだったかな)

数日が過ぎると、私はもう、彼女のことを思い出さなくなっていた。そして、原稿だの、打ち合わせだのに追われる日常に戻っていった。

電話が来たのは、一週間近く経ってののちだった。

その間、若尾のみならず、矢口からも、メールの一通も届かなかった。

新宿で別れて以来、挨拶もない。

人を呼び出しておきながら、無礼な奴とは思ったが、こちらからお愛想でメールをするのも面倒臭い。これでまた、縁が切れるなら、それはそれだと考えていた。

携帯電話が鳴ったのは、夜の十時過ぎだった。

ディスプレイを見ると、見知らぬ番号が表示されている。普段なら、無視するところだが、私は受信ボタンを押した。

まだ期待があったのだろう。電話に出ると、

『若尾です』

心密《ひそ》かに待っていた女性の声が届いてきた。

私は細いその声を聞き、なぜかホッと安堵《あんど》した。

『すいません。すぐに電話しようと思ってたんですが、家に帰ったら、お名刺がどこかに行ってしまって……。さっき、もう一度、慎重に捜して、漸く見つけ出したんです』

「気にしないでください」

私は言った。

「名刺を渡したのは、私の勝手だし、あのとき、何か言いかけたような気がしただけだから」

『すいません』

彼女は呟いた。

どうやら電話をしてみたものの、用件を切り出しかねているらしい。

ならば、と、私はまず軽く、あの日の話題を振ってみた。

「小野寺さんのパソコン、直ったんですか？」

『いえ』

若尾は短く答えた。

『結局、壊れてしまったんです。今、修理に出してるんですが、どうなるか……。デジカメのメモリーにファイルを残してなかったので、あの写真は今、見られないんです。小野寺さんは、原因は写真のせいだと言ってるんですが』

「へえ。それは」

お気の毒と言うべきか、それとも、変なものがなくなって良かったね、と言うべきか。

安直に、心霊現象に結びつけたくないと思っていると、沈黙の隙を縫って声が届いた。

『鹿角さんが指摘した写真、私も気がついていたんです。最初に写真を見たとき、私、そのことを、みんなに言ったんですけど』

「じゃあ、彼らもわかっていたということ？」

『私はそう思っていたんです。でも、あの後、さりげなく確認しても、私が言ったことは、三人とも、全然、憶えてないようでした』

——気がつきたくないか、巻き込まれたか。

嫌な推理が甦《よみがえ》ってきた。

『もちろん、私の言葉は、話半分に聞いていただけだったのかもしれません。でも、なんか、薄気味悪かったんです』

「そう……」

私は煙草に火を点けた。

「で、若尾さんは、あの写真をどう考えてるんですか」

『どうって？』

「変な写真が撮れた作業場と家。現場で、何か感じたんですか」

話題の運びがこうなった以上、心霊現象を遠巻きに語り続けるわけにはいかない。私は一歩、踏み込んだ。

躊躇いなく、若尾は語った。

『木の置いてある作業場は、単に怖かっただけなんです。廃墟全部、怖いんですけど、そこだけはまた、別の怖さがあって……。うまく言えないんですが、あそこに視線を向けた途端、ゾッと鳥肌が立ちました』

「家の中は？　悲鳴を上げて逃げたのは、仏壇が怖かったんですか」

『仏壇』

彼女は繰り返し、

『いえ……。見えなかったんです。仏壇は』

溜息のように後を続けた。

「じゃ、その場所も、単に怖くて？」

『そうではなくて』

彼女は少し口籠もり、意を決したごとく声のトーンを上げた。

『私が見た限りでは、あそこには仏壇なんか、なかった』

「えっ？」

思わず、声が裏返る。

『みんなは、仏壇があったと言うけど、私はそんなもの、見ませんでした』

「じゃあ？　やっぱり単純に怖かったんですか」

『いいえ』

若尾は否定する。

『何もなかったわけではありません。懐中電灯で照らしたとき、私は奥に、床の間があるのに気がついたんです。昔はともかく、今は竹藪同然の場所に、床の間があるんですからね。現実離れした感じで、気味悪く思ったのは確かです。でも、ある意味、映画的で幻想的な風景だったので、私、自分の持っているライトで、そこを照らして眺めてたんです。そうしたら、突然……床柱が。床の間の脇に通っている、柱がぐにゃっと動いて見えて。それでびっくりして逃げたんです』

「……仏壇はなかったの？」

私は声を潜めて訊いた。

『ありませんでした、絶対に』

若尾は声を強くした。

『藪を通して、壁まで見える場所なんて、あの床の間以外、ほとんどなかったんです。だけど、三人は皆、家から出てきた後、仏壇が怖かったって話をするんです。だから、私、そんなものはなかったと言えなくなってしまったんです』

薄気味悪い話だった。

だが、私は一応、疑問を口にした。

「逆に、若尾さんだけが、現実にはないものを見ていたという可能性は？」

『もちろん、それも考えました。だから、インターネットで、その廃墟に関する書き込みをすべて検索したんです。そうしたら、床の間について記された文章はいくつか見つかりました。奥に行くと――という書き方で。店長は、奥の部屋まで進んだのは、自分達だけだと言ってましたが、違うんです。仏壇の記事がなかったから、店長、そう思っただけなんです』

私は煙草をもみ消した。

肌に薄く鳥肌が立つ。

――凶事を控えた胸騒ぎ。

それがまた、甦ってきた。

失われた写真の画像が、記憶の中に浮かんでくる。

細部まで、はっきり憶えていた。

そして、想像の中で形を成した仏壇も、明瞭に浮かび上がってきた。

『……私、どうしたら、いいんでしょう』

電話口から、頼りない声が届いた。

私はほぼ反射的に「お祓いに行け」と言いかけて、それが無駄だったことを思い起こした。もう、神社には行ったのだ。彼らは祝詞まで上げたのだ。

私は答えを返せないまま、彼女に一層の情報を求めた。

「あれから、ほかの人達に変わったことはないんですか？」

たとえ、現場で不吉なことが起ころうと、その後の日常生活に変化がないなら、それでいい。常日頃から、私はそう考えていた。

プロの霊能者なら、そうはいくまいが、私達は素人だ。たとえ、何かが憑《つ》いていようと、健全に毎日が過ぎていくなら、気にすることは何もない。

しかし、若尾の口調は暗いままだった。

『店長の虫刺されが悪化しちゃって』

「藪蚊に食われた腕のところ？」

『そうです。全然、治らなくて、そのうち、黒く腫れ上がって、熱を持つようになってしまったんです。病院に行ったら、蚊ではなく、何かの毒虫に刺されたのだと言われたそうです。それで薬を塗ってるんですけど、最初に掻き壊したのが悪かったのか、まったく治る様子がなくて、ずっと痛がっているんです。それから』

「……何？」

『矢口さんの様子が変なんです』

言いづらそうに、彼女は語った。

『肝試しの晩以降、異常にはしゃいだままなんです。最初は機嫌が良いなとか、ハイテンションだなって思っていただけだったんですが、段々……特に、鹿角さんと会った後から、様子がおかしくなってきて。営業中なのに、店を放ってレストランに来て、お酒を飲もうとしてみたり……。店長に聞いた話によると、初めて来たお客さまに、いきなり綽名《あだな》をつけて笑いながら、高い商品を売ろうとしたり。それでお客さまが断ると、急に怒鳴り出したりするらしいんです』

「そんな」

『知り合った当初から、陽気な人でしたけど、おかしな人ではなかったんです』

若尾はむしろ、弁明する口調で言い募る。

「前から、思い込むと結構、エキセントリックになるほうだったけど？」

『ええ、でも』

「うん。普通じゃないね」

私は話を肯定した。

話したとおり、矢口はやや人の迷惑を考えないところがある。前の会社にいたときも、私や里美を前にして、延々、上司の悪口を言い続けていた。

最初は同情したものの、所詮、私達は彼女の上司を知らないし、楽しいはずの休日に、他人に対する非難ばかりを聞いているのはやりきれない。

私達はたびたび、話題を変えた。しかし、彼女はその気持ちを汲み取ることなく、暫《しばら》くすると、再び、愚痴を機関銃のように並べ立てるのだ。

その底にあるのは「私が正しい」「私だけが不幸だ」という、誰でもが陥《おちい》りがちな思考だ。だが、個人の境遇や災いを、他者が完全に共有できることはない。大概の人は、そのことに明確ではないにしろ、気がついている。

なのに、そんな単純なことをどうしてか、彼女は理解しなかった。

だから、若尾のような大人しいタイプが、矢口に翻弄《ほんろう》されることは予想がつく。過日、四人と会ったとき、私は矢口が彼女に対して、微妙に棘のある言い方を選んでいるのに気がついていた。

ウマが合わないのかと思っていたが、そうではなくて、与《くみ》しやすしと考えて、矢口は彼女を無意識に、下に置いていたのかもしれない。

それで、若尾は反発を覚えて、私に訴えてきたのかもしれない。

とはいえ、私は若尾にも、感情移入するのは控えた。

これもまた、欠席裁判だ。ここで矢口に対する不平不満を引き出すことに、意味はない。

私は声を改めて、残りの人間について尋ねた。

「小野寺さんには変化はないの？」

『わかりません』

別に不満げな様子も見せず、彼女は明瞭な声を返した。

『カレー屋のほうには、あまり顔を見せないんです。アルバイトだから、時間も不規則で、会う機会もあんまりなくて。でも、店長は、小野寺さんのことは何も言ってませんでした』

「なるほど。で、若尾さん自身は大丈夫なの？」

最後のひとりについて尋ねると、彼女は電話でも聞こえるほどの大きな溜息を吐《つ》いた。

『……怖い夢を見るんです』

彼女は言った。

「どんな夢？」

『それが、憶えてないんです。すごく怖くて、起きたときは、心臓がドキドキしているほどなんですが、夢自体は一度も思い出せないんです。そういう感じになったのは、廃墟から戻って、熱を出してからなんです。寝込んだことは、小野寺さんの言うとおり、ただの風邪だったと考えてます。でも、そのときも、思い出せない夢を見て、悲鳴を上げて、飛び起きたんです。もしかすると、同じ夢を見続けているんじゃないのかと……』

「そう」

意味のない相槌しか打てなかった。

内容がわからないのでは、コメントの仕様もないからだ。しかし、ここで「思い出して」などと言うこともできなかった。

若尾はもう充分、怖がっている。

大袈裟《おおげさ》な物言いを避ける、その態度こそ、本当に彼女が怯えている証だ。

夢が記憶に残ったら、もっと怖い思いをするかもしれない。その責任は、私には取れない。

だから、私は敢えて、彼女に夢を思い出せとは言わなかった。

ひととおりの話を終えたのち、若尾は再び、今後について尋ねてきた。

私は既に固めていた意見を伝えることにした。

「矢口さんが、私の事をどう言っていたかは知りませんけど、お会いしたときにも話したとおり、私はプロの霊能者じゃないんです。ときどき変なモノを見るだけで、除霊とかはできません。名刺を渡したのは単に、若尾さんが何か言いたそうだったからなんです」

言い訳に終始しないよう、私は続けた。

「だけど、ここまで話を聞いて、わかりませんじゃ無責任だから、ちょっと、私なりに調べてみますね。ただ、アドバイスができるという、確かな約束はできません。今の時点で言えるのは、嫌な事が起こっても、すぐに心霊現象と結びつけて怯えないことと、本当に変な事が起こったら、誰か信用できる人に、きちんと相談してみることです」

『わかりました』

正直に言ったのが良かったのか、若尾の声が少し明るくなった。

『相談するのは、鹿角さんでもいいですか？』

「役に立てるかどうかは謎だけど……。そう言えば、小野寺さんって、お祓いとかする人なんですか？」

思い出し、私は彼女に尋ねた。若尾の声がまた、沈む。

『本人はそう言ってます。でも、私、ダメだと思います』

「お祓いが効かなかったから？」

『それもありますが……だって、彼、境内に唾を吐いたんですよ』

五

私は分県地図を広げた。

取材に出る事が多いので、一応、すべての都道府県の道路地図は揃っている。広げられた地図の記憶を辿って頁を繰ると、それらしき場所が見つかった。しかし、ブック型の市販の地図では、縮尺が小さすぎるため、廃墟の場所は確定できない。

田崎の持っていた地図は、パソコンで検索したものをプリントアウトしたものだった。私もまた、それに倣《なら》って、目当ての住所を地図ソフトに入力した。

縮尺を変え、地点を変えて、こまめに検索を続けるうちに、徐々に場所が絞れてきた。

さすがに、廃墟は出ていない。だが、その奥にあったという神社の場所は目当てがついた。

(鳥居のマークしかないけれど、多分、ここで間違いなかろう)

場所を探したからといって、何かがわかるわけではない。これもただの好奇心だと言ってしまえば、それまでだ。

とはいえ、調べてみると言った手前、何かのヒントが隠れていれば、と思っていたのは、確かな事だ。

神社周辺の地形を見る。

廃墟のある辺りから、県道は川に沿うように、山を目指して蛇行していた。神社は丁度、廃墟の真上に来るような位置関係だ。

両者の間に細い尾根が延びている。道と川が曲がっているのは、その山裾をなぞっているためだ。但し、山の名前はなく、標高もまた、定かではなかった。

地図に記されない山は、日本中にごまんとある。本当に名前のない山もあれば、地元でのみ、その名称が伝わっているところも多い。

そういう場所は現地に行って、初めて名前が明らかになる。その土地以外の人間が、地図をいくら眺めても、わからない場合がほとんどだ。

私は今回、出てきた山も同じパターンだと考えた。

神社の名前は「山神社」だった。

そして、その鳥居のマークは、名前のわからない山側に記されている。

鳥居の延長線上に、さしたる山が見えない限り、この神社は背後に位置する「名無し山」の神を祀《まつ》ったものだ。

地元の人にとって、この山は社《やしろ》を造って崇《あが》めるべき対象だったということだろう。

そういう山が、本当の名無しであるわけはない。

私はそこまで考えて、周囲の地名に目を走らせた。

少し町中に戻ってみると、県道の入り口に「境」という名が見つかった。そして、山の逆側には「神岩」という地名がある。

心中、私は頷いた。

「境」は山と町との境だ。もっと言うなら、町という俗界と、山という聖域を分ける境界の意味だろう。

「神岩」に該当する岩等が、あるかどうかは確認できない。しかし、例の山裾に「神」の文字を冠した村が存在することには意味がある。

(結構、歴史が古そうだ)

私は思い、

「馬鹿が……」

零《こぼ》れるように、呟いていた。

若尾から聞いた小野寺の行為を思い出すたび、腹が立つ。

彼は参拝を終えたのち、石段を下りる途中で振り向き、社殿に唾を吐いたのだという。

小野寺曰く、唾は結界を張るためので、ここで祓った不浄のモノが、憑いてこないようにする呪《まじな》いなのだとか。

確かに、唾は魔除けに用いる。

いわゆる「眉唾」という語もそれで、眉に唾液を塗れば、魔物に騙されないという俗信に、その由来がある。唾液を四方の柱に塗って、結界を張るのに用いるという、不衛生な話もどこかで聞いた。

しかし、神社に唾を吐くとは。

（そんな話、聞いた事ない）

私はひたすら不愉快だった。

今まで祝詞を唱えるたびに、同じ行為を繰り返したのか。いや、人目のある神社では、とてもできる行為ではない。

とすると、彼は——夜だから。人がほかにいないから。そういう気持ちで、山神社の社に唾を吐いたのだろう。

実際、若尾は過去に二度、小野寺達と神社に行ったらしい。祝詞はそのときも唱えたが、彼が唾を吐いたのは、今回、初めて見たという。

善し悪しはともかく、彼がもし、確固たる信念を持っているなら、周囲を窺って対応を変えるようなことはするまい。

その日和見《ひよりみ》も腹が立ったし、常識的には咎められる行為だとわかっているくせに、それを為し、結界のなんのとのたまってみせる神経にも怒りが湧いた。

(てめえらみたいのが、ウロウロするから、こっちが迷惑するんだよ)

心で、私は罵《ののし》った。

それにしても、若尾が、ああきっぱりと「ダメ」と言ったのには驚いた。

――「あなたも、神社が好きなんですか?」

それとなく訊くと、特に意識はしてないが、実家の信仰が神道で、小さい頃から、そういう場所は大切にしろと言われてきたという。

彼女のフルネームは若尾木綿子だ。

木綿《ゆう》は神事のとき、榊《さかき》につける糸のこと。そういう名前を持つ事自体、親が神道的な知識を持っていることが窺える。

しかも、尚も尋ねたところ、家は和歌山の旧家なのだとか。

(お嬢様か)

歴史ある家の出で、代々神道を信仰していたならば、なんの知識を持たずとも、身についているものは多くある。ある意味、私を含めた四人より、筋金入りと言えるだろう。

そんな若尾が小野寺を切り捨てるのは、当然すぎることだった。

(加えて、彼女には霊感があるのかもしれない)

自覚があるかどうかは謎だが、そのため、逆に彼女だけ、仏壇を見なかったのかもしれない。そして、わかるがゆえに、誰よりも、現場で怯えたのかもしれない。

つまり——。

全身の毛穴が引き締まる。

若尾に対する評価と推論が正しいならば、矢口達が行った廃墟は、本気でヤバイ。

そういうことだ。

※　※　※

翌日の夜、私は里美に電話を掛けた。

彼女は趣味が登山なので、群馬辺りの山にも詳しい。まさか、あんな里山を知っているとは思わないが、登山ガイドには往々にして、かなり細かい山名が記されていることがある。

もちろん、名前がわかったところで、何が解決するわけでもない。私はただ、あそこが神聖な場だという、確信を持ちたかったのだ。

私は里美の持っているガイドブックに期待した。

里美は電話に出た途端、奇妙な呻《うめ》き声を発した。

「あ、ごめん。もしや寝ていた？」

『いやあ、単に疲れたのよお。今日はスーパーの特売日でさあ。スイカと大根と米を買ったら、もう、重くて重くて』

「手で持ってきたんだ……。仕事はどうなった？」

『今日はお休み。ていうか、重い物を持ちすぎて、筆先が震えるんだよね。とても絵なんか描けないよ』

アホ、と笑うのを我慢して、私は用件を切り出した。

里美はしょっちゅう、私を笑わせてくれる。その陽気さは大好きだけど、ここでくだらない話を続ける余裕は、今、持っていなかった。

——なぜなら、夢を見たからだ。

いつもなら、明け方まで仕事をするのだが、昨日はなぜか睡魔に勝てず、早々にベッドに入ってしまった。

そして、身を横たえたのち、私は若尾から聞いた話を、記憶の中で反芻した。

原因はそれとわかっている。

その夜、私はとてつもなく怖い夢を見て、飛び起きた。

体が小刻みに震えていた。

襟足に触れると、ぬるりとした寝汗が掌につく。

暗い部屋のベッドの上で、私は周囲を見渡した。

何もない。誰もいない。当たり前だ。が、形容しがたい濃密な、〝負〟の気配が夢から溢れ、漂っているように思われた。

私は部屋の明かりを点けて、コーヒーを飲み、煙草を吸った。

夜が明けるには、まだ時間がある。とはいえ、仕事には戻れなかった。

まったく違う話というものの、胆試しがテーマの小説など、見る気も起こらなかったのだ。

雀が鳴き、鴉《からす》が騒ぎ、すっかり陽が昇るまで、私は何をするでもなく起き続け、夢の事を考え続けた。

(すごく怖い夢だった……)

しかし、どうしても、その内容を思い出す事は叶わなかった。

(巻き込まれたくない)

再びの眠りから覚めたのち、私はまず、最初に思った。

夢は、若尾から聞いたパターンとそっくりだ。だから、記憶から失せた悪夢の原因は、彼女の話の中にある。

頭では、理解していた。が、

（巻き込まれたくない）

どうしても、思考はそこから動かなかった。

その恐怖の実体を少しでも解明、あるいは軽減するために、私は関わってしまった問題の手がかりを得たいと考えたのだ。

「ちょっと、小説で使おうかと思ってるんだよね」

私は小さな嘘を吐《つ》き、里美に調べ物を依頼した。

『どの辺り？』

「まあ、群馬県として考えるなら、近くにあるメジャーな山は荒船山《あらふねやま》になるけれど、山岳地図としては秩父圏内かも」

私は細かい説明を重ねた。

そして地図と照合しながら、ふたりで地点を絞っていくと、やがて、彼女の声が弾んだ。

『あ、載ってる。景気好いねえ』

「景気が好い？」

『イワイヤマだって。お祝いの山で、祝山。イワイサンかも知れないけれど、めでたい名前の山じゃない』

「祝山……」

明るい里美の声と裏腹に、私は低く呟いた。

(やはり)

あの山は、名もない里山ではなかったのだ。

多分、山神社は本来、祝山をご神体とする遥拝所だったに違いない。県道入り口の「境」も、山の裏側の「神岩」も、祝山が聖なる山であったという、古《いにしえ》の記憶に基づくものだ。

矢口達は、そこを冒した。

(だから、祟られた?)

いや、その考えは飛躍しすぎだ。

ネットで話題になっているなら、今までも、あそこで胆試しをした人間は多くいるはずだ。

彼らに何事もないというのに、矢口達のグループだけがおかしくなるのは理不尽だ。

それ以前に、冷静に考えてみるならば、心霊現象と断言できることは、何も起こっていない。トピックスとしては、若尾に見えなかったという仏壇と、不思議な二枚の写真くらいだ。

それだって、現実的な理屈をつけようと思うなら、いくらだってつけられる。

(つまり?)

突然、私は混乱した。

(私……何が知りたかったんだっけ)

自分の意識は、山を調べるところだけに向いていた。だが、よく考えれば、山と廃墟に直接の繋がりがあるわけではない。

胆試しと、山の歴史民俗はまったく別のものだろう。

拘《こだわ》った理由は、どこにあったのか。己の志向性の問題か。山の名前が判明したら、何がわかると思っていたのか。

『ナニナニ、登るの？　取材行く？』

茫然とする私の耳に、浮き浮きとした里美の声が入ってきた。

『でも、こんな地味な山、つまらないよ。どうせ小説の舞台にするなら、もっとメジャーな山にしようよ』

「メジャーって？」

『妙義山《みょうぎさん》とか。ううん、それより、甲斐駒《かいこま》にしない？　そこに登って小説書いたら、ちょっと箔が付くと思うよ』

「箔が付く前に、死んじゃうでしょう！」

私は里美の冗談に、救われた気持ちになって笑った。

そして、三十分ほど無駄話をして、日付が変わる前に電話を切った。

大分、気持ちがほぐれていた。

（地図見るの、大好きだからなあ。それで趣味に走ったんだ）

若尾から話を聞いた以上、あの場所について、ひとつでも蘊蓄《うんちく》を仕入れておきたいという、気持ちもあったに違いない。

私は自分を納得させた。

もちろん、まだ気になる点はある。だが、取り敢えず、山に関しては、ここまでにしていいだろう。

若尾に語るときのため、私は一応、パソコンで「祝山」を検索してみた。

同じ地名が、徳島県と滋賀県の二ヵ所で見つかった。

徳島県は「イワイヤマ」だが、滋賀県のそれは「ホリヤマ」と読む。祝の「ホリ」は本来、「ハフリ」。神官を指す古い言葉だ。

（やっぱり、神の山なんだ）

私はそんな感慨を抱いて、古代の山岳信仰に学術的な興味を抱いた。

——その晩、悪夢は見なかった。

六

既に、六月に入っていた。

私は相変わらず、原稿と悪戦苦闘していた。

矢口達とは、あれから連絡を取ってない。

若尾には一度、電話をした。だが、仕事中だったのか、携帯は留守電になっていた。それで気勢を削《そ》がれてしまい、私はそのままにしてしまった。

大体、山の蘊蓄しか伝えるべき事がないのだ。電話を掛ければ、却って相手をがっかりさせるだけかもしれない。

私はそう考えて、彼女と連絡を取るのを控えた。

いや、私の言い分は、半分以上、言い訳だ。

若尾は多分、私からの連絡を待っている。彼女のようなタイプなら、山が聖地だと言うだけで、すべての因縁を了承し、怪異の原因とするだろう。

私自身、廃墟の話は、鮮明に記憶に残っている。

大したことは起こってないのに、妙に薄気味悪い話だ。

（できれば、これを原稿に引き写してしまいたい）

私は何度も、そう考えた。

しかし、現実の人間が関与している事柄を、許可なく、そのまま原稿に反映させるわけにはいかない。

私は努めて、違う話を作り出そうと頭を捻《ひね》った。

そうなると、逆に、廃墟の話は創作の邪魔になるだけだった。

苛立ちと焦りと、八つ当たりから、私はあの話が若尾によって、再び鮮やかになる事を、感情的に忌避していた。

だから、催促のないことに胡座《あぐら》をかいて、連絡を取らなかったのだ。

幸い、半月もすると、大分、影響が薄れてきた。

原稿は依然、遅れていたが、私は完全な空想で、ホラーを書くという行為に、没頭できるようになっていた。

平凡なモノ書きに相応《ふさわ》しい日常――その均衡を崩したのは、一通のメールの到来だった。

メールは、小野寺からだった。

（矢口の奴、アドレス、勝手に教えたな）

そうでなければ、彼が私のメールアドレスを知るはずはない。

私はまず、そこに腹を立て、メールの内容にも腹を立てた。

メールには大量のファイルが添付されていた。

小野寺のメールは、そのファイルが、過日の写真であることを告げていた。

パソコンは結局、直らなかったが、なんとかファイルは取り出せたので、写真を救い上げたのだという。そこで、私に例の写真を「プレゼントする」ことに決めたらしい。

——見たいでしょ？

メールには、こう記されていた。

その、あまりにも軽い調子に、私の血圧は一気に上がった。

小野寺とは友達でもなんでもない。いきなり他人からアドレスを聞き、ふざけた文章を寄《よ》越《こ》すとは、一体、どういう神経だ。

常識ある大人のやることではない。

加えて、頼みもしないのに、こんな写真を送りつけられるのは迷惑だ。

若尾によれば、小野寺はパソコンが壊れた原因を、この写真に求めていたとか。そんな危険なものをなぜ、送るのか。

どうポーズをつけようと、彼自身、心霊的なものに対して、真のリアリティを持ってない証拠だ。

小野寺本人としては多分、好意で送ってきたのだろう。だが、私は災いのお裾分けをされた気分になった。

私は舌打ちをして、一旦、そのメールを閉じた。

削除したいという気持ちの裏側に、写真をもう一度、見たいという欲がある。

(見直したら、写真から新たな情報が読み取れないか?)

もっとはっきりとした〝原因〟が、写っていたりしないのか。

「好奇心は猫を殺す」という。私だって、それは承知している。

けど、私は職業柄……ではなく、元々、怪談やオカルトが大好きなのだ。テレビの心霊特集番組は、ほんとに小さいときから観てたし、誰かが撮った心霊写真を覗くのも好きだし、自分の写真にも何かないかと、取材写真はしげしげ検分してみるし……。

「ああ、もう! 送ってくるな、馬鹿っ」

取り敢えず、原稿のバックアップを取ってから、私は恐る恐るファイルを開いた。

すべての写真が、送られてきたわけではなかった。

あるのは、オーブの写真と、なんらかの不自然さを宿した写真だけだ。調べ直すことを目的とするなら、むしろ全部見たいところだ。

だが、それを小野寺に要求するのは嫌だった。

私は彼が恣意的《しいてき》に選んだ写真を見比べた。

目新しいものは何もない。

但し、ブレた二枚と同時に、煙に似た靄が写っている二枚の写真は気になった。

常識的に考えるなら、雨だったため、視界が煙ったと分析できよう。けれど、私の知る限り、現実的な霧の写真は、こんな感じには写らない。

二枚の写真は、漂う煙と背景のコントラストが強すぎるのだ。

一枚は事務所の玄関から、外を撮ったものと聞いていた。そして、もう一枚は、神社の鳥居だ。

地図が、記憶に甦る。

事務所からの写真に写った靄は、左手から伸びてきている。私はそれを見た当初、作業場の方角を意識した。だが、広域で考えるなら、その方角には祝山があり、山神社が建っている。

私は鳥居の写真を見た。

濃淡を描いて漂う靄は、写真全体を覆っている。

(やはり、場所が問題なのか?)

もし、聖なる山の〝気〟というものが可視化され、写り込んだのだとすれば、靄は場の聖性を示しているとも言えるだろう。

(だけど)

清らかなものと見なすには、写真はあまりに陰気臭い。

(まあ、私に真偽はわからないけど)

印象や推論を超えた結果を、導き出すのは不可能だ。

(やっぱり、ファイル消そうかな)

何がなくとも、験《げん》の悪いものを大切に取っておく事もないだろう。

私はファイルを閉じようと思い、もう一度、すべての写真を見た。

荒れ果てた作業場に、オーブが沢山、飛んでいる……。

マウスを握った指が跳ね、同時に体がビクッと震えた。

オーブに攪乱《かくらん》される画像の奥に、黒々とした影を湛《たた》えて、枯れた木が一本、立っている。

そこにやはり、靄があった。

靄は白い蛇のごとく、葉の一枚もつけない影に、螺旋《らせん》を描いて巻きついていた。

(気づかなかった)

私は呻き、

(……いや。さっきまでは、なかったはずだ)

己の意見を翻《ひるがえ》した。

中華料理屋で見たときも、この画像は記憶に残っていない。それ以前に、この木自体、私は見た憶えがない。

すっと、頭から血の気が退いた。

(小野寺の悪戯か？)

彼は画像に手を入れて、それを私に送ってきたのか。

それとも、単なる見落としか。

瞬時に、私は理屈をこねた。しかし、恐怖は退かない。胸の鼓動が速くなる。

見落としでも、悪戯でもいい。

(怖い)

私は焦る指先で、ファイルを閉じ、消去した。

息を吐いて椅子に凭《もた》れると、小さな身震いが体を襲った。

(ただの靄だよ)

ほかの二枚同様に、心霊写真としてはありがちだ。

私は自分に言い聞かせた。だが、緊張は一向にほぐれなかった。怖いという感情までを、消去することは叶わない。

――ひとつの推測が、頭を占めた。

廃墟となった場所は、製材所だ。

そこにあった材木は、一体、どこから伐り出したのか。

(祝山)

かつて、聖地だった、山。

見た事もない山影が、心の中に浮かんできた。

※　※　※

その晩、また嫌な夢を見た。

そして、先日同様に、夢は記憶に残らなかった。

起き出すと、少し体が重い。

私は半日、低調のまま無為に過ごして、そののち、矢口にメールを出した。

小野寺に、許可なくメールアドレスを教えた事に対する文句だ。

事前に尋ねられていたなら、不承不承とはいえ、私は彼女に「いいよ」と言ったかもしれない。が、筋を通さないやり方は、不愉快だった。

親しき仲にも礼儀あり、だ。

私は写真の変異を始め、今回の件には一切触れず、「今後は気をつけてください」と、硬い言葉でメールを締めくくった。

返事が来たのは、当日。夜中過ぎだった。

『ごめんなさい！』という件名に、私は彼女が焦って返事を書いてきたのだと考えた。

案の定、冒頭には謝罪と弁明が並んでいる。しかし、ただのお詫びにしては、その文章は長過ぎた。

ざっと見ても、二千字は超えているだろう。それが行替えもしないまま、黒く画面を染めている。

（一体、何を書いてきたんだ？）

私は眉を顰めつつ、メールを読み、首を傾《かし》げた。

まったく、意味がわからなかった。

数行の謝罪ののち、廃墟の話題が出てきたのは、予想できる展開だった。だが、そのメールは途中から、すべての整合性を失っていた。

記述は支離滅裂だった。

——料理は美味しかったですね。あまり美味しかったから、鹿角さんはパソコンに牛タンをぶちまけちゃったんですよね。パソコンの修理を出したら、臓物が出てきたって、小野寺クン泣いてましたよ。責任取らないとダメですね。写真は百枚ほど焼き増ししました。あれを世の中にばらまいて、廃墟の廃墟たることをこの世の中にしらしめたなら、光の玉がいろんなところで、このさき、写るかもしれないでしょう。牛タンの煮込みはハーブを沢山使うんです。私の得意料理はカレーではなく、チャーハンですよ。若尾はそれを理解しないので、魂の位、低いですよ。あの女は、最近、私のところにやってこない。カレー臭くて、馬鹿みたいでしょ。店長も笑ってました。私が小野寺くんにアドレスを教えたのは、鹿角さんが店長に笑われるのを防ぐためです。本当に、ごめんなさい。だけど、私が小野寺くんにメアドを教えたのは、鹿角さんが店長に笑われるのを防ぐためです。小野寺クンはすごい写真家ですからね。そうしないと、仏壇を見た意味がなくなるよね？　この間、店の前に雀がいたので、美味しいレシピがひらめきました……。

気がつくと、息を止めていた。

私はメールから目を逸《そ》らし、喘《あえ》ぐように呼吸した。

(完全に、常軌を逸している)

いつから。

若尾は既に、矢口の異常を訴えていた。そのときもおかしいとは思ったが、ここまではなかったはずだ。この思考が日常に出れば、彼女は社会的生活を送れまい。

(原因は……)

思いついたものを、私は否定した。

(原因は……)

だめだ。ほかに、考えられない。

なんだか、泣きたくなってきた。

矢口に対する感情ではない。恐怖で、泣きたくなったのだ。

胃の辺りが重く痛んだ。

私はパソコンのスイッチを切った。

仕事をするどころではない。

不安と恐ろしさにこづき回され、私は部屋の中を歩き回った。寝てしまうのも、また怖い。

私はコーヒーを淹《い》れ、ベッドメイキングをし直して、雑誌を捲り、テレビを点け、溜まっていた手紙の整理を始めた。

気を紛《まぎ》らわす以外に、方策はない。

未開封のＤＭを開けると、知人主催のイベント案内だった。期日はとうに過ぎている。

「うわ、参ったな」

仕事が煮詰まっていたといえ、この不義理はかなり痛い。

頭の中が、一瞬、知人への謝罪という現実で一杯になった。

と、突然、携帯電話が鳴った。

跳び上がり、私は電話を見つめた。

聞こえたのは、着信音ではない。充電器に携帯が接続されたときに聞こえる電子音だ。

私の持っている機種は、ときどき、接続が甘くなり、気づかぬうちに、バッテリーが減ってしまうときがある。その防止のため、充電器との接続音は鳴るように設定してあるのだ。

見ると、電話には、充電中を報せるランプが点っている。

（また、接続が甘くなっていたのか）

私は自分の臆病を心で嗤《わら》って、視線を逸らした。

すると、また、充電器が鳴った。

私は息を呑み、本棚の端に置いてある携帯電話に視線を戻した。

充電中のランプが点いている。

消えた。

また、短い接続音がして、小さなランプが点灯した。

点いた。

消えた。

点いた。

消えた。

私は本棚に忍び寄り、それから飛び掛かるようにして、電話を充電器から引ったくった。

途端、ビシャッと音がして、足許《あしもと》に温い飛沫《しぶき》が掛かった。

泥水に、足を突っ込んだ感覚だ。

私は短い声を上げ、躍り上がり、次いで、電話を落とした。

フローリングに電話が転がる。

見据えた足許に、水はない。私の足も濡れてない。

——血の気が退《ひ》いた。

恐る恐る携帯電話を拾う指先が、真っ白になって震えている。

もう、

(巻き込まれたくない)

絶対に。

最初に悪夢を見たときと、同じ気持ちを私は抱いた。だが、このまま目を背《そむ》けても、無事に過ごせる保証はない。

(どうしたらいい)

茫然と、私はベッドに腰を下ろした。

ありもしない泥水に足を入れたとき、私の嗅覚は、明らかに土の匂いを捉えていた。

あれは、深い山の匂いだ。

もしくは、田舎で朽ち果てた家の周囲に漂う匂いだ。

(どうしたらいい)

解決策など、思いつかない。

何もせずにいるのも怖いし、何かを為す事も恐ろしい。

(私、どうしたらいいの?)

役に立たないひと言のみが、頭の中に響き続ける。

あの写真さえ、見なければ。いや、矢口の誘いに乗らなければ。

「好奇心は猫を殺す」の格言は、今の私のためにあるようなものだ。

欲を掻いたスケベ心の結果が、これだ。

矢口の誘いに乗ったときから、私は巻き込まれていたのか。

七

田崎のくれた名刺を頼りに、彼らの店を訪れたのは、翌週初めのことだった。

季節的にはもう梅雨だったが、ここのところ、はっきりしない曇り空ばかりが続いていた。蒸し暑くて、鬱陶しい。いっそ、雨が降ってくれれば、少しは気温も下がるだろうに。

私は汗を掻きながら、手持ちの地図を頼りに店を探した。

輸入食料品店の名は『ガイア・バザール』。隣のカレー専門店は『スワミ』……インドの聖者を示す呼称だ。

両方とも、名前だけはやけに大袈裟だ。

幹線道路から奥に入ると、小さくお洒落な個人店舗が様々な装いで建っている。その道を二度曲がったところに、『ガイア・バザール』と『スワミ』が見えた。

同一のテナントビルの一階を、ふたつの店は占拠していた。食料品店は前面がすべてガラス張り、カレー屋は木の扉をつけて、周囲の壁には、象や兎がアジア的な色合いで描かれていた。

私はやや早足で『ガイア・バザール』の前を抜け、『スワミ』の木の扉を開けた。

まずは、若尾に会いたかったからだ。

矢口からのメールを受けて以降、そして自分の問題として、恐怖を実感してしまって以来、私は何も手につかない日々を送っていた。

パソコン画面を開いていても、原稿は少しも進まない。

小説の中での「胆試し」は、現実よりもよっぽど派手だ。だが、派手であるゆえに、私はひどく白けてしまった。そして、そんな気持ち以上に「胆試し」について考えるたび、矢口達のことをどうしても連想してしまうのが、嫌だった。

パソコンを開くと、廃墟の写真が思い出される……。

矢口のメールや若尾の電話が、鮮明に甦ってくる……。

今や、自分の仕事自体が、災いへの呼び水となるようにすら思われる。

私は次第に強い忌避を募《つの》らせ、そうして、昨日からまったくパソコンを立ち上げる事すらできなくなったのだ。

(これはもう、呪いだよ)

自分の恐怖が、自分自身に掛けた呪いだ。

このままでは、すべてが立ち行かなくなる。

私はこの状況をなんとか打開しようと足掻《あが》き、先晩、遂に例の四人を訪ねることに決めたのだ。

恐怖は、私が想像で肥大させてしまった部分がある。

見据えないから、怖いのだ。

真実、気味悪い部分があったとしても、現実をきちんと把握できれば、過剰な不安は切り捨てられる。

矢口達が今、どうなっているか、確認できれば、その対応も考えられる。

（もっとも、私の対応策は、縁を切るしかないんだけどね……）

扉を開けると、スパイスのいい匂いが鼻腔を刺激した。

外からの光が入らないため、店はやや薄暗かった。

思ったよりも、店は小さい。あまり手を加えていない天然木のテーブルが四つと、同じ材質のカウンターしかない。客が三人、入っている。

私は若尾の姿を探した。と、

「鹿角さん！」

カウンターから声が掛かった。

ドキッとして、顔を向けると、矢口が立ち上がっていた。

顔がひきつるのが、自分でわかった。

私はそれをぎこちない笑みにすり替えて、店の中に入っていった。

「なんで、カレー屋にいるの？　隣の店で働いてるんじゃなかったっけ」

「暇だからあ」

悪びれることなく、矢口は答えた。私は促されるままに、彼女の隣に腰を下ろした。前にビールと、つまみの入った皿が置かれている。

私は厨房《ちゅうぼう》にいる若尾に目を向けた。彼女は困惑を含んだ微笑を浮かべて、視線が合うと瞬きをした。

就業中に『スワミ』で酒を呑むというのは、事実だったのだ。若尾は再三の要求に、断り切れなくなったのだろう。

「仕事中に、お酒？」

私は訊いた。

「だってえ、このところ蒸し暑くって」

またも大らかに、矢口は答える。やはり、どこかズレている。とはいえ、私に送ってきた支離滅裂なメールほど、異常な感じは窺えなかった。

「まあ、暑いよね……」

私は相槌を打ち、

「私も喉が渇いたから、店のほうに寄る前に、こっちに寄っちゃったんだけど」

『ガイア・バザール』より先に『スワミ』に立ち寄った言い訳を、素早く会話に織り交ぜた。

矢口に気にする様子はない。

「鹿角さんもビール呑む？」

「ううん。アイスコーヒーを。……ね、この前より、ちょっと太った？」

私は矢口の顔を見た。

仕事をさぼって飲み食いしている、彼女に対する当てつけではない。実際、一月前とは別人と見まごうほどに、矢口は太ってしまっていた。

浮腫《むく》んだように顔は膨らみ、カウンターの上で曲げた手は、はち切れそうに思えるほどだ。服のサイズを変えてないのか、Tシャツは皮膚に張りついて、ブラジャーに区切られた贅肉が、段を作って盛り上がっていた。

「やっだあ。グラマーになったって言ってよ」

大声を出して、矢口は笑う。

私は声に肩を竦めて、そっと若尾を窺った。

彼女は洗い物をしていた。こちらは前に会ったときより、少し窶《やつ》れて、痩せて思える。

「若尾さんは、この店、ひとりでやってるの？」

私は彼女に語りかけた。若尾はちらりと視線を上げる。

「店長が体調、崩してしまって。だから、戻るまではひとりなんです」

「田崎さんが？」

「いいえ、『スワミ』の」

「……それは大変ね」

カレー専門店の店長は、胆試しに参加しなかった。その人が病気になったことまで、気を回すべきではないだろう。

「いいんじゃない？」

そんなことを考えていると、矢口の声が割り込んできた。

「カレーなんて、煮ておけば出せるじゃない。鍋、掻き回しているだけなんだから、若尾ひとりで充分よ」

悪意ある高声に、ほかの客が振り向いた。

私は思わず、彼女を睨んだ。

あの不気味なメールにも、若尾に対する憎悪が見えた。原因こそ不明だが、彼女が若尾を嫌っていることは、多分、間違いないだろう。

だからと言って、彼女の態度は看過できるものではない。

(やはり、おかしい。彼女は変わった)

以前より、意地悪になったというレベルではない。

細やかさに欠けるきらいはあったが、元々は常識的で、明るい女性だ。例の愚痴だって、真面目で仕事好きだったからこそ、噴き出してきた鬱憤《うっぷん》だ。

加えて、昔の矢口は、お洒落に気を遣っていた。服や髪形、化粧はもちろん、ダイエットにも熱心で、摂取カロリーも注意していた。

その面影は、まったく残っていない。

変わったというより、別人だ。

戸籍や遺伝子、経歴は、矢口朝子かも知れないが、今、隣に座る女は、私の友達でも、知り合いでもない。

——なぜ、こんな極端な思いを抱いたのか。

自分でもわけがわからなかった。しかし、そう感じた途端、私は再び胃の辺りが重くなるような、鈍い恐怖に包まれた。

若尾がアイスコーヒーを差し出した。私は黙って、それを飲む。

なんだか、空気が緊張している。

(若尾さんと、ふたりで話がしたい)

連絡を取る努力を怠ったくせに、私は今、それればかりを考えていた。

矢口がまた、口を開いた。

「小野寺君からの写真、見た？」

突然の問いかけに、私は思わず口籠もった。

「いや、あの写真は……」

「え？　送信ミス？　じゃあ、また、送り直すように言っとくね」

「送り直……、違う。見たわよ。けど、怖いから、まだ、じっくりとは見てないの」

慌てて、私は嘘を吐いた。

消したなどと正直に言ったら、再送信されかねない。

「ええ？　ダメじゃん。きちんと見なきゃ」

矢口が顔を近づけた。私は少し身をのけぞらせた。

目がギラギラと輝いている。好きな話題だからという雰囲気ではない。瞬きもしない大きな目は、獲物を狙う獣を思わせた。

私は息を吸い込んだ。怖い。写真の話はしたくない。

「メールと言えば、この間くれたアレだけど」

話題を変えたい一心で、私は口から出るまま、喋《しゃべ》った。

途端、矢口の頬が震えた。

「小野寺の件はもう、謝ったじゃない！」

空気が震えるほどの大声だ。

背後の客が声を上げ、落ちたグラスの割れる音がした。

「いつまでも、しつっこいんじゃない!? わかったわよ、もう二度と致しません！ それでいいでしょ？ それともアンタ、ここで土下座でもしろって言うの！」

若尾がモップとおしぼりを手に、慌ててカウンターの外に出る。

私は頭が痺《しび》れるようなショックを受けて、ただ茫然と矢口を見つめた。

怒りで、彼女の身が戦慄《わなな》いている。顔が真っ赤だ。睨みつけてくる両眼は、瞳孔がぎゅっと収縮し、妙に生白い四方の白目に、赤い血管が走っている。

「……そんなこと、言ってない」

腋下に汗を感じつつ、辛うじて、私は口にした。口がうまく動かなかった。矢口の表情は変わらない。

私は震えそうになっている四肢に力を入れて、続けた。

「すごく長いメールくれたから……驚いた、だけ」

「アハハハハ」

顎を逸らして、矢口が笑う。

客の帰る気配がした。若尾の「また、どうぞ」というか細い声が、なんとも悲しげな調子で響いた。

私は椅子に座り直して、アイスコーヒーを口に含んだ。

絶望に近い、ショックがあった。

やはり、矢口は矢口ではない。

(メールを出した記憶はあるんだ)

私はぼんやり考えた。

あの不気味な文字の羅列が、彼女の謝罪だったのだ。

内容まで、憶えているのか？　それとも、謝ったという記憶があるだけで、メール内容そのものは、頭の中から抜けているのか？

確かめる度胸はない。そして、理解できることもなかった。

(若尾さんと話がしたい)

いや、それ以上に帰りたい。

ショックのせいか、鈍い頭痛がし始めていた。私はアイスコーヒーを飲み干して、席を立とうと考えた。

「ところで、今日は何しに来たの」

その機先を制するように、矢口が顔を覗いてきた。私は溜息を嚙み殺し、なんとか愛想笑いを浮かべた。

「あの日以来、ご無沙汰だったから。どうしているか、気になって」

「気にしてたんだあ。じゃあさ、今度、廃墟に一緒に行こうよ」

先程の怒りなど忘れたごとく、彼女は満面の笑みを浮かべた。私は矢口の提案に仰天して、またも絶句した。

「面白かったから、また行こうって、この間、みんなで話してたのよ。それで、そのとき、鹿角さんも誘おうって言ってたんだよね」

冗談じゃない！　――と叫ぶのを堪《こら》え、私は首と手を同時に振った。

「いいよ、止めとく」

「どうしてよ」

矢口が口を尖らせた。

（また、怒鳴り出すのだろうか）

不安がある。が、私は先程の件だけでもう、精神的に疲れ果てていた。気を回し、顔色を窺う余力は残っていない。

私は正直に、打ち明けた。

「実はね。あのときは話しそびれたんだけど、今まさに、胆試しをテーマにした小説書いてるんだよね。それで、矢口さん達の体験が参考にならないかなって思ってね。私、取材のつもりで、あなた達の……」

すべてを言い終えないうちに、彼女が浮かれた声を出す。

「私達がモデルなの!?」

私はまた、かぶりを振った。

「登場人物は酷い目に遭うのよ。そこに実在の人なんか、とても、登場させられないよ。それに、憶えていると思うけど、私、基本的に心霊スポット巡りとかやる人のこと、良く思ってないし」

「へえ?」

矢口の目が挑戦的な光を帯びる。

今度こそ、怒り出すかもしれない。

しかし、この件に関しては、私は退くつもりはなかった。

公衆道徳上でも、宗教的道徳上においても、心霊スポットに出掛け、馬鹿騒ぎをするのは認められない。そこでトラブルに見舞われるのは、自業自得というものだ。

私はその考えを、曲げるつもりはなかった。加えて、この話題の進行に、私は一縷《いちる》の望みを抱いた。

胆試しに行った連中がどんな経験をしたかという、データが頭の中にある。それを並べて、危険を訴える事が叶《かな》うなら、

(矢口自身に起こっている、異常を告げられるかも知れない)

以前なら、やらない事をしているとか、昔は体形に気を遣っていたとか。

例を連ねて、それらをすべて「廃墟の祟り」と括《くく》って締めれば、彼女も何か気づくのではないか。

私はそう期待したのだ。

だが、その望みは脆《もろ》くも潰《つい》えた。

「いいよ、別に」

矢口は言い放ったのだ。

「モデルにしてよ。私達、メジャーデビューじゃない」

彼女は若尾に向かって、笑った。若尾はカウンターの中に戻って、変わらぬ微苦笑を浮かべるのみだ。

「……フィクションだってば」

溜息に近く、私は呟く。矢口の言葉は留まらなかった。

「だからこそ、私達のことをネタに使えばいいのよ。ね？　若尾さん？　面白半分に心霊スポットなんかに行くと、こんな酷い目に遭いますよって」

私はハッと目を上げた。

「……酷い目に遭ってるの？」

「ない、ない」

アハハと、また、彼女は派手に笑った。

思わず、私の眉根が寄った。

矢口は変容した。しかし、それとは別に、彼女の周りで、変事が起こっているのだろうか。

尋ねても、まともな答えが返る保証はない。

私は躊躇《ちゅうちょ》し、諦《あきら》めた。

既に、矢口は否定している。取り敢えず、今、追及しても、彼女は何も言わないだろう。

店から出る事を示すため、私は財布を取り出した。

そして、締めくくりとして、念押しをした。

「ともかく、そういうわけだから、私は山にはつきあわないわ」

瞬間、若尾の気配が揺れた。

私は彼女に目を向けた。

視線が合った。

見覚えのある——初対面のときに見た、物言いたげな眼差《まなざ》しだった。

八

その晩遅く、私は若尾と会った。

連絡は、私のほうから取った。

電話に出ると、彼女は用件を言い出す前に、時間と場所を打診してきた。

私はそのすべてに頷き、一度、自宅に戻ったのち、指定の場所に向かっていった。

『スワミ』から二駅離れた場所にある、ファミレスだ。

居酒屋より落ち着くし、どんな話をしていても、こういうところのほうが目立たない。それに、これからの話題を思うと、照明や雰囲気は、明るく、健全なほうがいい。

(いい場所を選んだな)

私はそんな感想を抱き、コーヒーを飲みながら、若尾を待った。

彼女はなかなか、現れなかった。手持ちの本にも集中できず、私は二十分経った時点で、彼女の携帯に電話を掛けた。

無機質な女の声が流れた。

オ掛ケニナッタ電話番号ハ、現在、電波ノ届カナイトコロニアルカ――

(地下鉄?)

そんなはずはない。

苛立ちと不安を抱えつつ、私は無理矢理、本に視線を戻した。

一時間は待とうと思う。

それでも現れなかったなら、『スワミ』に戻るべきかもしれない。

傍《はた》から見れば、彼女も私も、平穏無事な生活を送っているように見えるだろう。

矢口のことも同様だ。急に太る人や、突然、短気になる人間など珍しくもない。若尾も単に、時間にルーズな性格というだけかも知れない。

しかし、私は危機感を募らせていた。

常識云々の問題ではない。これは感覚の――私のリアリティの問題だ。

三十分を過ぎる頃には、どうか無事でいてくれ、と、私は祈るような気持ちになっていた。

若尾が店に現れたのは、約束の時間から小一時間経った頃だった。

駅から走ってきたのだろう、髪を乱して汗を掻き、彼女は肩で喘いでいた。その姿を見た途端、私は思わず立ち上がった。

若尾が小走りで寄ってきた。

「待ってて、くださったんですね」

安堵のためか、彼女は泣き笑いに似た表情を浮かべた。

私も多分、似たような顔をしていただろう。肩の緊張が一気にほぐれる。知らないうちに、体にずっと力を入れていたらしい。

「遅れて申し訳ありません」

手の甲で汗を拭って、若尾は深く頭を下げた。私はソファに腰掛けて、彼女にも座るように促した。

若尾の息が乱れている。余程、焦っていたのだろう。彼女は置いてあった水をごくごく飲んで、喘ぐごとくに呼吸した。

「どうしたんですか?」

落ち着くのを待ち、私は訊いた。

「最後のお客さまが、閉店後まで居座って、おしまいだと告げても、中々帰ってくださらなかったんです。その上、出ようとしたら、鍵がどこかに行ってしまって。捜すのに時間が掛かってしまって……」

店員にアイスティーを注文し、若尾はまた、話を続けた。

「鹿角さんに電話したんですが、繋がらなくて」

「私もよ」

言いながら、私と彼女は同時に携帯電話を出した。

『スワミ』の電波状況が悪いのか。いや、昼間、電話したときは、なんの支障もなかったはずだ。

若尾が電話から視線を上げた。

「鹿角さんからの着信履歴、ないんですが」

「私も、よ」

言うと、彼女の顔が曇った。私は溜息を吐いて、バッグの中に電話をしまった。

「どうせ、鍵は〝何回も捜したところ〟から出てきたんでしょ」

「はい……」

「まあ、会えたんだから、いいとしましょう」

私は苦笑した。若尾も漸く頬を緩《ゆる》めた。

彼女はお腹が空いているので、何か食べたいと言う。いつも、店を終えてから、カレー以外のものを食べると聞いて、私は思わず笑ってしまった。

気持ちはわかる。私も小腹が空いたので、デザートを注文する事にした。

食べている間は、お互いに大した話はしなかった。食欲の失せる話になるのは、ふたりとも承知しているからだ。

本題に入ったのは、食後、再びドリンクを注文してのちだ。

「お店では、すいませんでした」

まず、若尾が矢口の行動を謝罪した。私は軽く首を振る。

「あれは若尾さんのせいじゃないから。以前、電話で伺ったとおり、彼女、少しおかしいわ」

「やっぱり……変わりましたよね」

若尾が僅《わず》かに項垂《うなだ》れる。

彼女は、あの支離滅裂な矢口のメールを見ていない。それでも矢口の異常は充分、共有できるものだった。

「田崎さんや小野寺さんは、何も言ってないんですか？」

「わかりません。不審に感じているとは思いますけど、最近、話をしていないので」

食料品店とカレー屋の交流は、あまり盛んではないということか。それとも、彼らは彼らで何か、別の不都合が生じているのか。

気にはなったが、取り敢えず、私は話題を切り替えた。話が逸れてしまう前に、自分の疑問を片付けたい。

「さっきは、何に驚いたんです。私がつきあわないと言ったら、若尾さん、ギョッとしてたでしょう。実はそれが気になって、あの後、電話したんだけど」

「それは」

若尾は口籠もり、

「鹿角さんが、『山にはつきあわない』って言ったから」

探るように、私を窺った。

「ああ……」

無意識に、気にしていたものが、口から出たのだろう。本来なら、あそこは「廃墟にはつきあわない」と言うのが妥当だ。

だが、そこに引っかかったということは、彼女も祝山に何かを感じているということか。

「山って、神社の奥にあった山ですよね」

窺う視線のまま、若尾が訊いた。

廃墟の裏とも言う。けれど、私はそのまま頷いた。若尾は「やはり」と呟いて、少し早口になって続けた。

「胆試しに行ってから、実は私もずっと、山が気になっていたんです。一番、怖かったのは仏壇の件だったんですが、日が経つに連れて、それよりも、山の景色ばかりを思い浮かべるようになったんです。もちろん、行ったときはもう夜でしたし、山のことは頭にありませんでした。暗い山道の印象と、木が茂ってたという程度しか、実際の記憶にはないんです。なのに、思い出すたびに、段々……理由はわからないんですけれど、道路の脇から続く斜面の様子や、神社の奥に広がっていた真っ暗な森が、鮮明に甦ってきたんです」

水を飲み、彼女は話し続けた。

「以前の電話で、怖い夢を見るって言いましたよね。あの夢も最近、山の夢じゃないかと思うようになったんです」

「どうして?」

「毎日ではないですが、同じ夢は今も見ます。いえ、憶えていないんだから、同じとは言い切れないかもしれません。けど、私は同じ夢だと思うんです。それで、何度も見るうちに、少しだけ、夢の中身を憶えていられるようになったんです。……夢の中は真っ暗で、ときどき、ザアッと木の枝が風で揺れる音がします。湿った土とか岩とか虫とか、そういった自然の中にいるのがわかるんです。だけど、ほとんど何も見えない。夢の中での私は、道に迷ってしまったと思っているんです。迷っている間に日が暮れて、夜になってしまったようで、迷っ

私は怖くて、身動きもできずに、立ち竦《すく》んでいるんです。すると、また、木がザザザッて鳴って、山の奥から、恐ろしいものが近寄ってくるんです」

「恐ろしいものって？」

「わからないです。巨大な化け物と思うときもあるし、沢山の怖い人達が駆け寄ってくるって思うときもあります。でも、その先は憶えてないんです」

恐怖を呼び覚ましたのか、彼女の頰がひきつった。ストローの先で氷をつつき、若尾は三度、言葉を継いだ。

「鹿角さんはどうして、山って言ったんですか。やっぱり、夢を見たんですか。あの山、一体、なんなんですか？」

切迫した物言いだった。

私は昼からずっと、バッグの中に入れていた、地図を取り出した。

「山が気になったのは、地図で確認してからなの。私は今日、その話をするため、『スワミ』に行ったの」

付箋《ふせん》をつけた頁を広げ、私は地図をテーブルに据えた。

まず場所が合っているかどうか確認すると、若尾は指で道を追い、まさにここだと頷いた。

「良かった。だったら、話もずれない」

私は地図を指差しながら、彼女に情報と推論を語った。

廃墟と神社が森を挟んで、ほぼ南北に並んでいること。山の名が「祝山」であること。「境」や「神岩」といった地名から、山とその周辺が聖地と見なされていただろうことと、製材所が聖山の木を伐り出した可能性があること。そして、その障《さわ》りによって不幸が続き、不用意に遊びに行った矢口らもまた、おかしくなったのではないか……。

心霊的な意見も交え、私は語った。

「神社とかの神聖な場所って、どういうわけか、寂《さび》れて忘れられたりすると、普通より悪い場所になるのよね。祝山や山神社も似たような感じなのかもしれない」

「祝山……」

若尾は暫《しばら》く、その名前を口中で、転がすように唱えていたが、

「それ、本当なんですか？」

やがて、僅かに眉を顰めた。

念を押すという言い方ではない。彼女はあからさまに疑っていた。

「どういう意味？」

「いえ。私のイメージだと、もうちょっと」

彼女は一旦、口を噤《つぐ》んだ。

自説に疑いを差し挟まれて、私が怒ったと思ったらしい。

私は敢えて表情を緩めた。それを受けて、彼女は続けた。

「私の故郷は田舎ですから、迷信深い考え方がまだまだ残っているんです。幼い頃は祖母や近所の人達から、不思議な話も沢山、聞かされたんですね。神様に悪い事をして、祟られる話も聞いた事がありますし、実際、近所の人が大怪我をして、足を切断したときも、祟りだと評判になりました。その人、怪我をする数日前に、お稲荷様にある石の狐の足をハンマーで砕いてしまったんです。悪酔いしてたらしいですが、その後、謝りにも行かないって、私の祖母が怒っていて。そうしたら、トラックに轢《ひ》かれて、足を失くしてしまいました……。表立っては言いませんでしたが、誰も同情しませんでした。そういう土地柄だったんです。だから、鹿角さんの言うことも、話としては素直に信じられるんです。けど、今まで聞いた祟り話と、今回のこれはどういうわけか、全然、感覚が違うんです」

「……若尾さん、もしかして霊感あるの？」

感覚という言葉を得て、私は尋ねた。

彼女は即座に否定する。「本当に？」と重ねて訊くと、若尾は視線を彷徨《さまよ》わせてのち、首を傾げる仕草を見せた。

「霊感があるとは思ってません。幽霊とかは一度だけ……。東京に出てきて心細かったとき、亡くなった祖母の姿を見ただけです」

「お婆ちゃん子だったんだ」

微笑ましい気持ちで言うと、若尾は子供のように、こくりと頷いた。

「だから、霊感っていうんじゃないと思います。ただ、雰囲気というか皮膚感覚っていうか、怖い話を聞いたり、嫌な場所に行ったりすると、そのときどきで、肌が冷たく感じたり、鳥肌が立ったり、圧迫されるような気がしたりするんです。それは小さいときからでした。なので、今は、こういう感じがしたときはこうって、経験としてわかるんです。それで、神様が祟る話と、祝山は違うって思ったんです」

——そういうのを、霊感って言うんだよ。

思わず、突っ込みたくなるのを、私は堪えた。

小野寺のように霊能者ぶりたがる奴がいる一方、世の中には、霊感なんて持ちたくないと、強く願う人もいる。

本人が否定しているのに、ここで私が肯定するのは、失礼というものだろう。

不思議な事に、旧家で生まれた人間は、いわゆる霊感持ちが多い。私の知人にも、ふたりいる。血の濃さゆえか、ご先祖の作用かは知らない。が、若尾の勘も、彼女の血筋が関係しているのかもしれない。

「じゃ、祟りではないとして、若尾さんは祝山と似た雰囲気を、別のどこかで感じたことある？」

私は彼女の勘を拠《よ》り所《どころ》にして、話を進めた。

若尾は下唇を噛み、少しの間、黙っていたが、

「墓地かな」

自信なさげに呟いた。

「墓地？」

私は鸚鵡返《おうむがえ》しだ。

「新しい霊園とかではなくて、古い無縁墓地みたいな。だけど、もっと禍々しくて……。ごめんなさい。わかりません」

「いや、別にいいんだけど。その墓地の雰囲気って、矢口さん達が見た仏壇と、何か関係してるんですかね」

まさに、霊能者を前にしているように、私は更に彼女に尋ねた。

「そうなのかな……」

若尾は不明瞭だ。

私は答えを待たないで、再び地図に視線を戻した。

彼女の異議は、感性からきたものだ。だが、霊感というのは感性だし、私が山に拘ったのも、自分の感性に従った結果だ。

どれが正解かはわからないし、正解があるかどうかも不明だ。

もっとも、土地の因縁といわれるものは、考古学や歴史学同様、はっきりした正解が出にくいものだ。

そう言うと学者は怒るだろうが、歴史も考古学も、のちの世の新たな発見や、解釈によって、ときに、大きく覆《くつがえ》る。

祝山も同じだ。

名もない里山だった頃と、祝山という名を持ったのちと、聖山としてのイメージが揺らぎ始めた今とでは、山は山のまま変わらないのに、評価やイメージは異なっている。

こののち、新たな発見がなければ、解釈、即ち感性の相違だけで事は終わるだろう。だが、そこまで、私はこの山をまだ、調べ尽くしたわけではなかった。

(もう一度、調べ直してみるか……)

考え、私は再び、自分が脱線しているのに気がついた。

これは取材ではない。

課題は、今現在の不安をどう拭うか、だ。

不安がすべてなくなれば、山の正体がなんであろうと、どうでもいい。

(こうなると、もう職業病だな)

私は己に苦笑した。

それでも尚、地図を見ていると、若尾が口調を改めた。

「まだ、お時間はありますか?」

「一応、自由業ですからね」

目を上げ、私は頷いた。

締め切りはあったが、今晩は、とことん彼女につきあうつもりだ。

若尾は嬉しげに目尻を下げると、そののち、顔を引きしめた。

「『ガイア・バザール』に来て頂けません?」

「今から!?」

声が引っ繰り返った。

「ええ。ほかの人に会うのも嫌だし、来て頂ければ、私の言っている雰囲気がどんなものか、わかると思うんです」

真剣な顔つきだ。私はその真剣さを知ると同時に、怖《お》じ気《け》づいた。

「つまり? 無縁墓地の雰囲気が、店にもあるって言うんですか」

口を引きしめ、彼女は頷く。

「私は霊能者じゃないですよ」

腰が引けたのは、自覚している。

若尾の表情は変わらない。瞬きもせずに、彼女は続けた。

「解決してくれなんて言いません。でも、鹿角さんは、私と同じ部分に恐怖を感じてますよね？　だから、確認して欲しいんです。私、あの日以来、『ガイア・バザール』に入ると、すごく」

言葉を切り、彼女は顔をしかめた。

——本物の恐怖が見えた。

冷静さを保とうと呼吸を調整し、なんとか受け容れられようと、唇になけなしの笑みを貼りつけている。

最初、私が彼らに感じた嘘臭さは微塵も窺えない。若尾の恐怖は本物だった。だからこそ、私もまた、尻込みをした。

似たような愛想笑いを作り、私は彼女に囁《ささや》いた。

「正直、怖いんですけれど……」

「私だって、怖いんです！」

途端、若尾が声を荒らげた。

堪えていた恐怖が噴き出したのだ。

「ご、ごめんなさい」

彼女は慌てて、口に手を当てた。指先が微かに戦慄いている。私はそれを見た瞬間、打たれたような気持ちになって、はっきり、彼女に頷いていた。

「行くわよ」

言葉に出すと、襟首の毛がそそけ立つ。

「いえ、もう」

若尾は逆に、涙ぐみながら首を振る。

「いいよ。これから、行きましょう。その代わり、マジでヤバかったら、即刻、退散するからね」

私は笑った。その笑みの半分は、自嘲と言っていい。

お節介か、好奇心か、勢いか。

いや、同情と気の弱さだろう。なんの力も持ってないのに、今まで何度、同じようなパターンで、わけのわからない事に首を突っ込むハメに陥ったことか。

他人には、飯の種だと割り切ったふうに語っているが、実際は、そんなにドライなものではない。私は心霊現象があることを実感しているし、それ以上に、臆病なのだから。

笑い声を耳にして、若尾は心底、安心した様子で息を漏らした。

その表情に「よかった」なんて、思ってしまう自分は阿呆だ。

「一瞬でいいんです。鹿角さんに、災いを及ぼしたくはありませんから」

席を立ち、彼女は伝票を取った。

奢《おご》るつもりなのだろう。

私は慌てて追いかけながら、また、胃の奥がずしりと重くなるのを感じた。

——災いはもう、やってきている。

その程度のことならば、私の勘も当たるのだ。

九

電車に乗りながら、私は田崎と小野寺の現状を、若尾から聞き出した。

最近、会ってないからと、彼女は一応、牽制してから、ふたりの近況を短く語った。

田崎は毒虫に刺されたところが、未だに完治してないらしい。少し前までは包帯を巻いていたのだが、先日、挨拶したときは、長袖でそれを隠していた、と。但し、指先近くまで、赤く細かい発疹がびっしり出ていたのを見たという。

「相変わらず、陽気ですけれど」

若尾は困惑気味に語った。

小野寺の姿はほとんど見ない。

少し前に、矢口から聞いた話では、最近、写真にのめり込み、アルバイトもそこそこにバイクで飛び回っているのだとか。

風景写真に入れ込んでいるとの話だが、作品はまだ見ていない。

若尾が気になったのは、ちらりと見た彼の姿が、矢口とは裏腹、枯れ枝のように痩せて見えたということだ。

「どうしたんだろうね」

私は低く呟いた。

これもまた、ひとつひとつを拾い上げれば、なんとでも理由のつくことだ。三人の身に起こった事は統一性がまるでなく、個々の人生の一コマと片付けても支障はない。

ゆえに、若尾も語る事を躊躇った可能性がある。無関係だと一笑に付されることを怖れたのだろう。

私もまた、彼女と同様、なんでもかんでも心霊現象に結びつける女だと、思われるのは心外だった。だから、私も意味のない返答しかしなかった。

だが、表面をどう取り繕おうと、私と彼女が同じ事を考えているのは、わかっている。

――みんな、おかしい。祝山に行ってから。

最寄り駅に降りてのち、私は若尾を窺った。

「若尾さんは？　夢以外は大丈夫？」

何を言わずとも、その質問で、胆試しと現象を結びつけているのはわかる。若尾は私の〝肯定〟に、微笑みに似た顔を見せ、

「今のところは」

と囁いた。

私は黙って、頷いた。彼女も会話を続けなかった。

もう一度、道を曲がれば、『ガイア・バザール』が見えてくる。そこに近づく緊張が、私達から言葉を奪った。

小さな店の並ぶ通りは、バーと居酒屋を残して閉まっていた。明かりを点けているその二軒もまた、防音設備が整っているのか、外には音楽も漏れてこない。

車もほとんど通らない。

神経のせいとわかっていても、生温い大気と相俟《あいま》って、この暗さと静けさは重苦しい。

私達は角を曲がった。

なんの個性も感じさせない五階建てのビルの下、ふたつの店が並んで見えた。木の扉を閉ざした『スワミ』は、街灯の明かりだけを受け、薄暗く静まり返っている。隣の『ガイア・バザール』も、シャッターを下ろし、平凡な閉店の状態を見せていた。

若尾は鍵の束を出し、無言のまま、シャッターを開けた。

電動式ではないらしい。二枚のうちの一枚を、店のドアの取っ手まで上げ、彼女はもうひとつの鍵で、ガラス扉を解錠した。

(こっちも、自動ドアじゃないんだ)

手許だけに視線を注ぎ、私はそんなことを思った。

シャッターが開かれた瞬間に、ひやりとした冷気が肌に触った。

空調によって冷えた空気が、店内にまだ残っているのだ。

私はそう考えながらも、ガラスの先に広がる闇を、正視する事ができないでいた。

決して、完全な闇ではない。

射し込む街灯と非常灯で、中はうっすら明るいようだ。

細かい商品を押し込めた陳列棚の影だけが、外の光を反射するガラスの向こうで、いやに黒い。

ガラス戸を押し、若尾が中に入った。私も半歩、店に踏み込む。

どうしても俯《うつむ》き加減になる視界の隅で、彼女がパチパチと電気を点けた。

足許の、赤いマットが目に映える。私は漸く視線を上げた。

食料品店の名に恥じず、『ガイア・バザール』の店内は、様々な国の瓶詰めや缶、カラフルな袋が所狭しと、陳列棚に並んでいた。

生鮮食品こそないものの、状態は田舎町の小さなスーパーといった感じだ。とはいえ、所帯じみた様子がないのは、レイアウトとセンスの妙だろう。

左の壁と、縦に並んだ二本の棚は定番らしい食料品。コーナーには大きな籐製の丸カゴがあり、長いパスタが突っ込んである。前面の平台に置かれているのは、注目の品というやつか、今は各国の蜂蜜が解説付きで置かれていた。

私が普通の客だったなら、確実に何点か、買い込んでしまうに違いない。現に、イタリア産の蜂蜜は、かなり気になる商品だった。

右の壁沿いから奥のレジに至る間は、やや広い空間になっており、そこに食べ物の類はなかった。

『スワミ』のテーブルと同様の天然木で作った棚に、アジアン・エスニック調の雑貨やアクセサリー、そして、お定まりのパワーストーンが、石や木、様々な布の上に、レイアウトされて置かれている。

目につく異常は何もない。

入り口に突っ立ったまま、私は若尾を窺った。

彼女もまた、壁際のスイッチの場所から動かない。硬直したようなその姿の中、目だけが疑問と懇願と、同意を求める表情を湛えて、私を凝視している。

(炭坑のカナリアじゃないんだからさ……)

不承不承、私は奥に進んだ。

食料品棚の方にまず、向かう。

ショート・パスタ、メープルシロップ、種々のビネガー、オリーブオイル。

購買意欲がそそられるだけだ。奥のレジも、伝票が出しっぱなしなのが、気になるだけで、気味悪さは感じない。

(彼女の思い込みじゃないのか)

それとも、感覚が違うのか。

若尾は私と感性が似ているような言い方をした。だが、好き嫌い以上に、こういった皮膚感覚に近い部分は、個人個人の差が大きい。

「居心地の好い場所はどこですか?」「海と山、どちらが好きですか?」——お遊びの心理テストなら、こんな質問になるだろう。とはいえ、ふたりが「海」と答えても、砂浜だったり、岩礁だったり。描くイメージは千差万別だ。

(この女も、いい加減だよな)

私は心で毒づいた。

(夜遅く、こんなところまでつきあわせて。結局、ただの面白がりかよ)

こんなことなら、ファミレスからさっさと家に帰ればよかった。

私は腹を立てて、足を速めた。

緊張が激しかった分、拍子抜けも又、激しい。数歩でレジの前を抜けると、メモの貼られたコルクボードの奥に、扉があるのが見えた。倉庫か、あるいは事務室だろう。

ここもまた、異様さの欠片《かけら》もない。

私はその前をも過ぎた。

——と、突然、なんの前触れもなく、両膝から力が抜けた。

硬いはずの床が、腰のないスポンジに変わった感覚だ。うわっと思ったその瞬間、

「鹿角さん！」

若尾の高い悲鳴が届いた。

「え……」

私は目を開けた。

床にほぼ、俯《うつぶ》せになっている。

しかし、私にその記憶はなかった。

ほんの数秒、完全に意識を失っていた。

私は慌てて、跳ね起きた。

「どうしたんですっ。大丈夫ですか⁉」

若尾はもう、泣きそうだ。私は答えようとして、ぐっと息を詰まらせた。

吐きたくなるほどの悪臭がした。

鼻先に、腐った生ゴミを突きつけられでもしたようだった。私はとっさに口を押さえて、若尾を片手で制すると、歩いてきた場所に折り返した。

事務所のドア、レジ前、陳列棚、ドアの前。それらすべてで、ごく浅く呼吸を繰り返す。

腐臭はそのままだった。

私は雑貨の方に向かった。その空間に入った途端、見えない壁を抜けたごとくに悪臭は消え、代わりに、空気圧が変わった気がした。

静電気に包まれたみたいな、不快な圧迫感がある。

私は四方を見渡した。

傍《はた》から見れば、おかしな行動を取っている女に見えるだろう。

レジの側から、若尾が見ている。私はそこに戻らずに、静かに反転して、そして、全力で入り口に走って逃げた。

「鹿角さん！」

若尾が追いかけてきた。

「ち、ちょっと、待って……」

私はまた、彼女を手で制し、肺に空気を吸い込んだ。

情けなくも、膝が震えていた。

異常を感じなかったわけではない。私が鈍かった。いや、

(取り込まれかけていた……)

腐臭だの、空気の圧迫感の変化だの、〝悪い〟といわれる場所で過去、似たような経験は何度もあった。

異常事態としての認識はあっても、それらはある意味、馴染《なじ》みのものだ。

だから、それ自体は、自分の中で了解できるものだった。

私が心底、恐怖したのは、異常を感じることすら許さなかった『ガイア・バザール』に潜む、何か、だ。

恐ろしいとも思わせぬまま、私を握りつぶそうとした、何か。

(きっと、矢口達もおんなじなんだ)

鳥肌を立てて、私は思った。

あのとき、私が感じた悪意。若尾への憎悪。己の傲慢《ごうまん》さ。

(もう少しで、彼女らと同じになるところだった)

「……怖い、ね」

漸く呼吸を整え、私は若尾に微笑んだ。汗で、髪の毛が頬に貼りついている。それを掌で拭《ぬぐ》いつつ、私は意識して背筋を伸ばした。

「どうしたんですか」

若尾の声も、少し震えを帯びていた。

「どうもこうも……怖かっただけ」

「何が」

「わからないわよ、私程度じゃ」

少し投げやりに言ってから、私はドアに向き直った。店に入る素振《そぶ》りを見せると、若尾が私の手を摑《つか》む。

「今度は、多分、大丈夫」

私は彼女に頷いた。

ヒーローを気取るわけじゃない。

私は悔しかったのだ。

今まで、散々、矢口がおかしいとか、小野寺が気に障るとか思っていたのに、彼らと同じ感覚に陥りそうになるなんて、自分自身が情けない。

いわば、他人事だと思っていた「振り込め詐欺」に引っかかりそうになった感じだ。

私は喧嘩腰で、中に入った。

もちろん、恐怖はまだ持っている。だが、二度と同じ手には乗るものか。最初は覚悟が足りなかったのだ。

きちんと用心し、認識し、怯えるのではなく五感を澄ませば、わかることもあるかもしれない。

とはいえ、若尾を従えて、再び店に踏み込むと、ひどく落ち着かない気持ちになった。

さっきの恐怖の名残《なごり》か、それとも、私の勘が改めて、警告アラームを鳴らしているのか。

分析しながら、右側の雑貨が置いてあるスペースに進む。

今度は、沼のような臭いがした。

「ここが一番、気味悪い？」

私は疑問形で、若尾に言った。

彼女も異臭を嗅いでいるのか、口を閉ざしたまま、頷いてくる。

私は視線を巡らせた。

冷静に見て、悪臭の元になるものは見当たらなかった。いや、先程とは感じ方が違うのだから、現実的な物品に原因を求めても仕方ない。

だが、現実以外の部分となると、私には何も読み取れなかった。一番、気持ち悪い場所が、若尾と一致したのがせいぜいだ。

霊能者になりたいと思った事はないけれど、こういうときはもう少し、勘が欲しいと思ってしまう。

多分、私の勘は若尾と、どっこいどっこいというところだろう。むしろ、巻き込まれなかっただけ、若尾のほうが強いとも言える。

(後で詳細を訊かれたら……。期待外れでゴメンナサイ、か)

最初に欲を出さないで、強く否定しておけば良かった。そうすれば、話は聞けずとも、こんなことには巻き込まれずに済んだだろうに。

今更の後悔を抱きながら、私はそれでも、一応、すべては見て回ろうと考えた。

「あのドアの向こうは？」

「事務所兼在庫の倉庫です」

予想どおりの答えを返し、若尾は手前にドアを開いた。

電気は点いてなかったが、店の中が明るいために、中の様子はそこそこ見えた。

若尾はそこに踏み込んで、あらっと、小さな声を発した。

「どうしたの？」

「パソコンが」

見れば、スチール棚の支柱に、薄青い光が反射している。若尾の言葉から察するに、壁際の机にあるパソコンが、点いたままになっているらしい。

タイマーは、セットしていないのか。

光がちらちら動いていた。スクリーンセーバーが起動しているのか。

「もう」

不満そうに呟いて、明かりも点けないまま、若尾は机に近づいていく。後片付けの不備を見つけて、頭が現実に切り替わったに違いない。

彼女はひとつ、キィを叩いた。

スクリーンセーバーの光が消える。

同時に甲高《かんだか》い悲鳴を上げて、若尾は後ろに飛び退《の》いた。

体がぶつかり、椅子が引っ繰り返る。

よろめいた彼女の背中が、後ろの棚に激しく当たった。

とっさに、私は駆け寄った。そして、戦慄く彼女を見、机の上のパソコンを見た。

写真が映し出されていた。

雑草と蔓草《つるくさ》に覆われて、傾き、朽ちた日本家屋。

黄色く枯れた孟宗竹《もうそうちく》が、瓦屋根を突き抜けている。

「あの廃墟……？」

写真を見たまま、私は言った。幾度も小刻みに、若尾が頷く。

確認を取ったのには、理由があった。

写真は、見た事のないものだった。

画面に映ったその風景は、夜ではなく、陽のある昼間、撮影されたもののようだった。

私はパソコンに近づいて、恐る恐るファイルをいじった。

デジタル写真は調整次第によって、夜間の写真も明るくできる。加工が為されたかどうか、
他の写真を見れば判明する。

ファイルを戻すと、細かい画像が縦横一面に表示された。

すべて、見た事のない昼の写真だ。

ほかのファイルは、と見ると、日を変え、時間を変え、三十近いファイルのすべてに『キモダメシ』と名が付いていた。

各々、百枚を超えている。それらすべてが、あの製材所跡と、山道の写真で埋め尽くされている。

爪先から頭頂まで、鳥肌が立った。

多分、これが、小野寺がのめり込んだ「風景写真」だ。

彼はオートバイに乗り、ひとりでここに通い続けて、写真を撮り続けていたのだ。

タイトルに『キモダメシ』とあるからには、いつぞやと同じ遊び感覚で、彼はここに通っているのか。それとも、

――硬直した思考が、その先を推理することを拒絶した。

漸く横に並んだ若尾が、電源を切ろうと手を伸ばす。マウスを握った手が震え、ポインターが定まらない。

閉じるはずの、ファイルがまた開かれた。

どこから撮影したものか、見下ろす視点で、廃墟の全体像と後ろの山が写っていた。

若尾が空唾を呑む音が聞こえた。彼女は再びマウスを動かす。その動きを目で追って、唐突に、私は今まで以上の激しい恐怖に包まれた。

「出よう！」

わけもわからぬまま跳び上がり、私は彼女の肩を摑んだ。

「でも、電源を」

「いいから、早く！」

乱暴に手を引っ張ると、背中にしていた棚の奥から、奇妙な音がひとつ響いた。

自分達の声で、音そのものははっきりと聞き取れなかった。が、その音が、この場所に、相応しくないという判断はできた。

動きも言葉も失って、私達は目を見合わせた。

再び、前より高い音がした。

ぎしっ、と。

古く湿った木材が——古い木造住宅が、軋むような音だった。

パソコンの画面が、揺らいだ気がした。

私は殴る勢いで、強制的に終了ボタンを押した。そして、訪れた闇の中から、転がるように逃げ出した。

変な声を出し、若尾が続いた。

彼女が部屋から出るのを待って、私は事務所の扉を閉める。

後はもう、無言の作業だ。

店の電気を消し、鍵を掛け、シャッターを閉めて施錠する。

そののち、大通りまで、私達は走り続けた。

幹線道路に出ると、行き来する車の姿がいやに目立った。

そのライトと騒音と、街の明かりの数々の、なんと懐かしく、頼もしいことか。

私は膝に手を置いた。

ぜいぜいと喉が鳴っている。全身がもう、汗だくだった。

少し呼吸を調えてのち、若尾を見ると、彼女も大差ない格好で、上目遣いで私を見つめた。

「は、ははは……」

力ない笑い声が口から漏れた。

若尾の顔も泣き笑いだ。あまりに情けない表情に、私はプッと吹き出した。彼女も堪えかねて笑い出す。

ふたりはしばし、通行人をも気にせずに、大声でゲラゲラ笑い続けた。

助かったという安堵があった。

それ以上に、自分達の情けなさ、弱さ、みっともなさ、すべてが可笑《おか》しい。

(馬鹿だよなあ)

私は己を嘲笑《あざわら》った。

腹が立った？　喧嘩腰？

身の程知らずもはなはだしい。

何にどう、立ち向かうつもりになっていたのか。

私達は、音のひとつで震え上がって逃げていく、惨めで矮小な存在なのに。

十

家から出ない日が十日ほど続いた。

その間、私は近くに買い物に出る以外、外を見もせず、原稿を書き続けていた。

若尾からの、連絡はない。私もまた、積極的に、彼女に連絡をする気はなかった。

あの日、夜が明けるまで、私達はファミレスで過ごした。

タクシーに乗り、待ち合わせをした場所に戻って、始発電車を待ったのだ。

別れるまでの数時間、私達の会話はほとんど、意味のない無駄話に終始した。

メニューに載っている「茶豆」と「だだ茶豆」は違うのかとか。若尾の故郷における偉人は、やはり南方熊楠《みなかたくまぐす》だろうとか。犬と猫、どちらが好きかとか。

『ガイア・バザール』での出来事については、お互い、口に出さなかった。何を確認するまでもなく、手に負えるものではない、あるいは、最早《もはや》、手の施しようがないという共通認識があったのだ。

ただ、彼女の今後については、少しばかり話をした。

「乱暴だけど、一番、簡単で確実なのは、『スワミ』を辞めることだよね」

私は言った。

「それでも、変な事が起こったら、それはそのときのことだけど……」

「鹿角さんは？」

「私ももう、関わらない。矢口さんのことは気になるけどね。普通に考えれば『彼女、最近、変だよね』とか『あんな奴とは思わなかった』で済む話だし、そういう感情がきっかけで縁の切れる知り合いなんて、珍しいことじゃないでしょう」

きっぱり言うと、若尾は黙った。

冷たいと思ったのかもしれない。が、元々、矢口とは似たような経緯で、一度、距離を置いていたのだ。私の中で、あまり心は動かなかった。

田崎も小野寺も、元より他人だ。彼らがどうなろうとも、それこそ知った事ではない。

「ところで、若尾さんは矢口さんから嫌われてたの？」

話のついでに、私は訊いた。

メールに記されていた若尾への敵意と、『スワミ』で見た矢口の態度が、引っかかっていたからだ。

若尾は小さく首を傾げた。

「嫌われる覚えはないんです。でも、矢口さん、小野寺さんの事が好きらしいんです。それで、どう誤解したのか、私が彼と親しいと思っていたみたいです」

「へえ」

そう言えば、矢口は昔から、アーティスト風の優男《やさおとこ》が好みだった。

「でも、だったら、どうして、若尾さんを胆試しに誘ったのかしら。小野寺さんが好きならば、いないほうが良かったのに」

お化け屋敷は、デートスポットだ。キャアキャア騒いで、女性らしい弱さをアピールするには、もってこいのところではないか。

「彼女が言っていたとおり、女性ひとりだけで、参加することがヤだったようです」

疑問に、若尾が眉を下げる。

その説明なら、以前も聞いた。本当に怖いと思っていたのか、それとも、小野寺との仲を見せつけようとでも考えたのか。今となっては知りようもない。

とはいえ、若尾に向けられた感情が、単純な焼餅だと知り、私はホッとした。

(ただの人間関係だ)

ならば、これこそ介入すべき問題ではない。

椅子に座り直して、私は言った。

「若尾さんが彼を好きというなら別だけど、そうじゃないなら、ふたりのことも放っておくほうがいいと思う。冷たいとは思うけど、自分の身が一番大事で構わないと思うわよ。まずは若尾さん自身が、安心できる場所に避難して、それで余力があったなら、ほかの人の事も考えたら?」

若尾は驚いたように目を大きくし、私の顔を凝視した。そして——ゆっくり頷いた。

切り捨てるという行為は、確かに痛い。だが、溺れる人を助けるのは、泳ぎの達者な人間だ。自分が溺れかけているのに、他人を助けることはできない。

若尾も私も、金鎚だ。

私は最初、少しは泳げると考えていた。しかし、結果は、得体の知れない波に呑み込まれただけだった。まだ意識のあるうちに、桟橋《さんばし》に這い上がるのが、自力では精一杯だ。

私は決して英雄ではない。

若尾は一応、納得したようだった。無論、本心はわからない。しかし、私は意見を言い、彼女が頷いたことで、この件は決着したと考えた。決着したことにした。

そして、頭を切り換えて、私は執筆に集中した。

撤退すると決めてから、悪い夢も見なくなっていた。

煙のようにつきまとっていた、薄気味悪さも特にない。私は遂に、祝山から縁が切れたと喜んだ。

いや、最早、そんなものに、かかずらっている暇はないという状況だ。

締め切りはかなり迫っていた。プロとしては論外の話だが、私はもう、どうにでもなれというように、終着点も考えないまま、ひたすら枚数を稼いでいった。

自分達をモデルにしろという、矢口の言葉は魅力的だった。

一応、証人もいることだ。許可は取ったということで、彼女達のエピソードを盛り込む誘惑にも、かなり駆られた。けれども、思い返してみれば、今回の事件には、ほとんど怪談らしいエピソードがない。

一番、派手なエピソードが仏壇の幻というのでは、自《おの》ずと限界が出てくるだろう。

加えて、私が書いているのは、墓地での胆試し後の物語だ。墓地と仏壇の組み合わせなど、ありきたりにも程がある。

まあ、実際のところ、身の回りにある怪談話など、ほとんどありきたりなものだ。

金縛りに遭い、幽霊がのしかかってきて首を絞めたとか、出会い頭的にお化けを見たとか、引っ越してから不幸が続くと思ったら、因縁のある土地だったとか。

話として聞く分には、それらにはスタンダードとしての怖さがある。だが、フィクションで、そんな話を書いてしまうわけにはいかない。

私は欲を振り捨てて、まだピリオドにはほど遠い、原稿と必死に闘っていた。

そのテンションが切れたのは、矢口からのメールの到来だった。

編集者の連絡と同時に、メールは届いていた。

一瞬、私はふたつのメールを見ずに消そうかと考えた。しかし、すぐに思い直して、用心深くメールを開いた。

編集者からの連絡は、もしかしたら、締め切りが延びたという吉報かもしれない。

矢口のメールはもしかしたら、まともな内容かもしれない。

愚かしい願いだ。だから、期待はふたつとも、簡単に打ち砕かれた。

編集者のそれは『いかがですか?』のタイトルどおり、進行状況の伺いだった。そして、矢口の『どう?』というメールには、一行だけ、こう記されていた。

私達の小説はどうなってますか？　是非、私達をモデルにしてね。


読んだ途端、なぜか、頭が真っ白になった。

(そうだ。原稿には彼女の話を入れなくちゃ……)

刹那《せつな》、私はそう思い、そんな約束はしてないと思い出すのに数秒掛かった。

そののち、約束をしたのかと悩み、約束などないと思い直して、完成した小説を読んで、矢口が怒りやしないかと不安になった。

『スワミ』で、私を怒鳴り飛ばした、彼女の顔が甦る。

あの形相《ぎょうそう》。あの叫び声。

驚愕《きょうがく》の過ぎた今となっては、単純に不快で恐ろしい。意味なく、恫喝《どうかつ》されたことに対する怒りもまた、湧いてくる。

(あんなこと、二度とゴメンだわ)

私は舌打ちして顔を擦《こす》った。噛みしめた奥歯に力が入る。

まさに、撤退したからか、今更、私は悲しくなった。

――私は友達を失った。

それが心に沁《し》みてきた。
大して親しくはなかったけれど、彼女は悪い奴ではなかった。
厄介に感じたときはあっても、彼女はあんな人ではなかった。
「どうして……」
様々な疑問と後悔が、まぜこぜになった呟きが零れる。
メールを閉じると、パソコンの画面に原稿が表れた。
面白半分に墓石を穢《けが》した女が祟られ、泣き喚いている——。
(こんな小説、書きたくない)
いくら自業自得とはいえ、ここまで酷いお仕置きをすることはない。
私は画面から体を離した。
そののち、再び原稿は、ピタリと進まなくなった。

※　※　※

「アンタ、少し痩せたんじゃない?」

日陰を選んで歩きつつ、里美は私を窺った。

「原稿が進まなくてさあ」

私は頼りない声で答えた。

気分転換に里美に電話したところ、仕事が一段落ついたので、アウトドアの専門店に買い物に行くと聞かされた。なんでも、バーゲンなのだそうだ。

私はつきあいたいと言い、二日後、神田で会うことにした。

既に、買い物は済んでいた。

彼女は新素材のUVカットパーカーを買い、私もレインハットを新調した。

店を出たときは、既に六時を回っていたが、さすが、夏至《げし》のすぐ後だけはある。日はまだ暮れる気配もなかった。

雨らしい雨もないままに、梅雨は明けようとしているらしい。

私達は照りつける陽射しを避けて、日陰を縫うように、道を歩いた。

「せっかく、新しいウェア買ったんだから、どこか山に行こうよお」

弾んだ声で里美が誘った。

「おお、いいねえ」

「で、原稿は？　間に合うの？」

食事する場所を探しつつ、私達はだらだら会話を続ける。

「ああ。一日十枚、チャキチャキ書ければ」

「書けるの」

「さあねえ。取り敢えず、今日はもう無理」

「投げやりだあ」

「ほっといて。それより、何食べようか」

執筆スピードは速くない。たとえ、一日十枚書けても、翌日は疲れて進まないのが、私の仕事パターンだ。

殊に、今は気分も乗らない。手を動かしさえしていれば進む仕事ではないことが、こういうときは恨めしい。

今日、里美と会ったのは、気分転換というより、最早、逃避だ。

うまく行けば……久々の屈託ない外出で、スイッチが切り替わるかもしれない。

仕事の愚痴は、言っても仕方ない。私はその話題を避けた。

相変わらず、にこにこと、里美が言った。

「カラオケ屋で、ご飯食べない？」

それはいいストレス解消だ。私もすぐに同意した。

「何か、新曲仕入れたの？」

「私的新曲は、布施明《ふせあきら》の『少年よ』だね」

「ほお、憶えたんだ」

「バッチリよ」

たわいない会話は、なんとも楽しい。

私達は通りを流して、適当なカラオケボックスに入った。

最近のカラオケボックスは、結構、料理も充実している。食べ物を注文し終わって、分厚い本を取り出すと、

「あ、その前に」

里美が鞄を引き寄せた。

「忘れてた。私、お土産持ってきたんだ」

「お土産？」

首を傾げている暇に、数枚のコピー用紙がテーブルに置かれる。

「この間、図書館で、面白い物発見しちゃった。コピー取ってきてあげたから」

もったいぶった言い方をして、彼女は二つ折りにした紙を開いた。

モノクロの、古い地図が現れる。

それを見た途端、私の肌が反射的に緊張した。

「今度の仕事、戦前の農家を描かなくちゃならないんだよね。それで、イラストの資料を探しに行ったら、偶然、こんなものを見つけたの」

里美は身を乗り出して、地図の一点を指差した。息を詰め、私はそこを見る。

地図の精度は、現在の物より遥かに甘い。しかし、曲がった県道と、山の形には見覚えがあった。

指差す先に、山名がある。

——祝山。

その活字の下、丸括弧で、読みと別名が記されていた。

（イハイヤマ　位牌山）

背後から突然、殴られたようなショックがあった。

私は紙を手に取って、地図を見、残りのコピーを見た。

本のタイトルは『上野国《こうずけくに》の歴史民俗』とある。

彼女はご丁寧に、その中から祝山を見つけ出し、読みづらい文章の中から、山の項目を拾い上げていた。

祝山
標高　六四九《メートル》
或《あるい》ハ位牌山。忌山也《いみやまなり》。呼称不吉ニ附《つき》「祝山」ト改メラルルモ在地デハ尚、入ラズ山ト云フ。一木一草タリトモ持チ出スベカラズト。猛《たけ》キ神ノオハストモ伝フル也。

「ホラー小説の舞台にはぴったりじゃん。いやあ、さすがの勘だよねえ」
里美がはしゃいだ声を出す。
私は返事も疎《おろそ》かに、その一文を見つめ続けた。
位牌山。
忌山。
入ラズ山。
目にしたはずのない光景が、ありありと脳裏に浮かんだ。
懐中電灯の薄い明かりに浮かび上がる、黒い仏壇。
それは深山《みやま》の奥に似た、藪の中に口を開いて、三つの位牌を吐き出している……。
(三つの位牌)

各々を思い描くまでもなく、三人の顔が同時に浮かんだ。

私は息を吞み込んだ。

「どうしたの？」

里美が高い声を出す。

私はハッと我に返って、己を抑えるごとく座り直した。

彼女は事情を知らないのだ。これから歌って遊ぼうというのに、おかしなことを口走って、気分を壊したくはない。

私は必死に取り繕《つくろ》って、自分の見せた驚愕をただの感想に摩《す》り替えた。

「……よく見つけたねえ」

平静を装い、私は笑んだ。

「うん、最初は地図だけ見つけたんだけど、小説で書くとか言ってたじゃない？　だから、何かの役に立つかなと思ってさ。由来を見たら、このとおり」

「すごい。なんて、友達思いの人なんだ！」

戯《おど》けて言うと、里美は少し照れつつも、得意そうな顔をした。

「しかし……。ああ、びっくりした。祝が位牌になるとはね。名前、変えるなんて怖いよね」

「やめてくれって感じよね」

頷き、彼女が肩を竦める。

里美は、山も怪談も好きだ。彼女はその改名を、自分の身の上に引き寄せた。

「そうやって、不吉な名前を変えちゃう場所って、結構、あるらしいんだよね」

「うん。確か、位牌山って名前は、昔、もっと沢山あったんでしょう」

明確な記憶はなかったが、位牌山が全国にあったという資料は読んだ記憶がある。

大概、山影が位牌の形に似ているからと解かれるが、どう見てもそんな形には見えない山も多数あるとか。そして、中には落ち武者の隠れ墓があって祟られるとか、入ると死んでしまうとか、不吉な理由で「位牌山」と名づけられた山もあるらしい。

「秩父のほうにも、位牌山って、あったらしいのよ。でも、もうどこだかわからなくてさ。あの周辺の山を歩いている最中に、思い出すと、嫌な気分になる」

「だよねえ。入っちゃいけないところなら、ちゃんとそれらしい名称を残しておいてくれないと」

「本当だよ。知らずに入って死んじゃったら、それこそ成仏《じょうぶつ》できないよ」

「……うん」

私は歌の本を手に取って、捲り始めた。

これ以上、山の話は続けたくない。

ここ暫く落ち着いていた、胃の重苦しさが戻ってきていた。

(せめて、今だけでも忘れたい)

私は自分の知る限り、陽気でアップテンポな曲を選んだ。

しかし、何をどう歌っても、私のテンションは上がらなかった。

やがて並んだ食事もほとんどが、手つかずのまま、冷えてしまった。

十一

帰宅したのは夜遅かったが、私は眠る気になれなかった。

心がざわざわと落ち着かない。

私は何度も里美から貰ったコピーを眺め、そののち、飽き足らなくなって、インターネットで「位牌山」を調べ始めた。

簡潔に記された由来以外、何か話は伝わってないのか。忌山の呪いを解く話はないのか。

手を退く決意に、変わりはない。

しかし、どこかに救いがあるのなら知りたい。知って、若尾に伝えてあげたい。

私は必死になっていた。

検索で目についたのは、静岡県の「位牌岳」だった。

富士山の手前に横たわる愛鷹《あしたか》連峰、第二の主峰だ。

昨今の登山ブームに相応しく、この山については多くの人が、山行記録をアップしていた。

名の由来はやはり、位牌に似ているところから来ているらしい。

「不吉な名だ」と記してある記事も見つけたが、この山に怪異があるとか、または怪異に遭ったという記録は、探した限りでは見当たらなかった。

(むしろ、中級以上の登山者にとっては、とっつきやすい山という感じだな)

沢山の人が稜線を抜け、最高峰の越前岳と、その向こうに聳《そび》える富士山の姿を写真に収めている。

(位牌の名を持つといっても、すべてが不吉なわけじゃない)

それとも、多くの人が入れば、災いは稀釈され、そのうち消えてしまうのか。

(まあ、元々は迷信なんだし)

私は前向きに考えた。

次に引っかかったのは、本の紹介の頁だった。

瓜生卓造《うりゅうたくぞう》の『檜原村紀聞《ひのはらむらきぶん》』の中、位牌山の記述があるという。

（この本、家にあったはず）

私は急いで、本棚に向かった。

調べ物の都合で斜め読みをしたために、位牌山については憶えていない。が、印象的な著作だったため、表紙まで記憶に残っていた。

私はすぐ本を見つけ、該当する記述を見つけた。

檜原には各所に「位牌山」といって不吉な山がある、位牌山を買ったり、この山の木を切ったり、炭を焼いたりすると、かならず身に不幸が訪れる、という。

「位牌山」を『広辞苑』で引くと、「不吉なことが生ずるといって、所有することを忌む山」とある。なぜ不吉かというと、かつての刑場のあと、変死者があった、または仏像が埋まっているなど、理由はさまざまである。逆に神聖な神の地であり、俗人が手をつけてはならないところだ、ともいう。同様な言葉に、「くせ山（地）」「バチ山」「不入山」など、

位牌山といえば、愛鷹山系に位牌岳（一四五八メートル）がある。尾根の南側に、灰

色の爆裂火口が気味悪い形相を見せる〈中略〉叩き落ちれば、下は位牌沢である。
位牌山を買って、薪や炭にしたため、急病になった、孫が死んだ、家が焼けた、そんな話は檜原の全域にわたって聞かれる。しかし、どこが位牌山かは明瞭にされない場合も多い。所有者は故意にかくしている。位牌山と知れれば売買ができず、利用価値もなくなるからである。位牌山を買うのは、他郷の人に限られている。

溜息しか出なかった。
愛鷹連峰の位牌岳もまた、ここでは救いになっていない。
私は手許のコピーを見直した。
記されている内容は、『檜原村紀聞』の記述で、すべてフォローが可能だった。
祝山は関東近郊における「位牌山」の一典型だったのだ。
——位牌山を買うのは、他郷の人に限られている。
これも同じパターンだ。
田崎の言葉が思い出された。

彼は、製材所跡地は、元々が曰くのある土地だと言っていた。工場主は村外から来て、知らずに土地を買ったと言っていた。

知らずに、ではない。

(多分、知らされなかったのだ)

祝山が個人のものか、市町村の所有になっているか、それはわからない。けれど、少なくとも、村にいる年寄りは知っていたはずだ。いや、製材所跡の土地自体、近年まで色々あったなら、古老ならずとも、情報を持つ人はいるに違いない。

それを村人は教えなかった。そして、所有者の身に起こる災いを、やはり、という顔つきで、遠巻きに眺めていたのだろう。

『檜原村紀聞』では、情報を秘匿する理由として、経済的不利を挙げていた。だが、現地で暮らす人の本心は、そんな単純なものではなかろう。

そこで生まれ育った人にとっては、祝山は故郷だ。縁を切る事の叶わない、親戚のようなものなのだ。

だから、身内の恥を隠すごとくに、不吉な山は隠される。そして余所者《よそもの》が被《こうむ》る災いを、土地のせいではなく、偶発的な不運として片付けるのだ。

冷たいとは言い切れない。

私もまた、そのような土地に育ったら、余所者には口を噤《つぐ》むかもしれない。

現に、トバッチリが怖くて、私はこの件から逃げたのだ。縁の薄い他人より、自分と周囲の環境を守りたいという欲は同じだ。

(若尾の勘、当たったな)

私は煙草に火を点けた。

彼女は言っていたはずだ。

祝山の雰囲気は聖なるものの祟りとは違う、と。

もっと禍々しい、墓地に似た雰囲気があるのだ、と。

(そればかりじゃない)

若尾は家に入ったとき、床柱が怖くて逃げたという。

なぜか。

もしかすると、その床柱も、前の持ち主が「位牌山」から、伐り出したものではなかったか。

(知らないとはいえ……酷い話)

止まない溜息に交えて煙を吸うと、微かな吐き気が込み上げる。

胃が痛い。

そういえば、ろくに食事をしていない。

(冷蔵庫に何か、なかったっけ)

私はキッチンに向かいつつ、尚、祝山を考え続けた。

山に拘った自分の勘も、あながち捨てたものではない。

最初から、あの山ばかりが気になったのは、それなりの禍々しさを、どこかで読み取っていたからだろう。

(だけど、矢口達は祝山そのものに入ったわけではない。製材所にまつわる因縁は「位牌山」で片づくとしても、彼らが纏う不気味さが説明できるわけじゃない。『ガイア・バザール』の連中が行った場所は、廃墟と神社だ。祟りを受けた地に踏み込むだけで、災いを被ることはあるのか?)

私は煙草を、流しに捨てた。

紫煙の匂いが不愉快だ。

冷蔵庫を開けると、買い置きの豆腐が一丁、見つかった。炊飯器に、ご飯は残っているはずだ。

(夜中に、冷や奴でご飯ねえ……)

それしかないなら、仕方なかろう。私は豆腐を出しながら、尚も思考を巡らせた。

怪異の伝染、感染、または、影響を受けるという話は、珍しくはない。

テレビで心霊特集を観ていたら、自宅に何かが起こったという体験談は、ひとつのパターンだ。百物語が霊を呼び出す装置と認識されるのも、話者の怪談から感染《うつ》るナニカを期待してのことだろう。

思えば、私もその感染をずっと警戒し、怖れていた。

巻き込まれたくない、という思いは即ち、祝山の因縁に感染したくないというのに等しい。

にも拘《かか》わらず、私は自宅の中で、携帯電話の接触不良や、あるはずのない水の感覚を得た。

些細《ささい》とはいえ、私はそれを祝山に結びつけたのだ。

それを精神の作用だと分析するのは、意味無い事だ。

体験者にとってリアルなら、怪異もまた、現実の記憶として残るのだから。

——祝山は感染する。

ならば、廃墟に踏み込んだ、矢口らが影響を受けるのも、おかしな話ではないだろう。

(少しでも罪悪感があったなら、怯えた分、余計にハマる……)

私はシンクの端に手を突いた。

猛烈な吐き気が襲ってきた。

錐《きり》で刺されたように、胃が痛い。

喘いで、戻そうと屈《かが》んでも、胃の中からは何も出なかった。

目の前が、黄色く点滅する。

私はそのまま、ずるずると流し台の脇にしゃがみ込んだ。

きっと神経性胃炎だ。薬を。空腹が悪い。せめて、水でも。吐いてしまえば、きっと、楽、に。痛。

「い、ったあ……い！」

定まらない思考を蹴散らし、声が零れた。

私は床に転がった。

横になれば、少しは楽になるかもと、考えての行動だったが、腹痛は一向、収まらなかった。それどころか、頭痛まで起こってきたような気がする。

(ダメだ)

このままでは、気を失う。

私は這うように、電話に向かった。

意識のはっきりしているうちに、救急車を呼ぶべきだ。そして、財布を持って、玄関の鍵を開けるまでは、自分でしなくちゃ。

こういうとき、独り暮らしは本当に怖い。

私は、一一九番に電話を掛けた。以前、親の病気で電話をしたときは、悪戯電話の用心のため、確認に時間が掛かった。が、今回は息も絶え絶えだったからか、オペレーターはすぐに車を手配すると言ってくれた。

私は鍵を開け、鞄を抱いて、ドアの前で蹲《うずくま》った。

脂汗が顎から滴《したた》る。私は固く目を閉じた。

途端、『ガイア・バザール』の様子が脳裏に甦った。

異臭の漂う雑貨棚……。

呻き、それを振り払う。と、今度は倉庫の中で見た、小野寺の写真が浮かび上がった。

(やめて……)

思えば思うほど、画像は鮮明になってくる。

私の目は釘付けになる。

若尾が間違えて、開いたファイルにあった写真だ。

鳥瞰《ちょうかん》で撮られたような、風景写真。

黒々と木の茂った山裾に、散らばったブロックのごとき建物がある。

祝山の木は夏らしい生命力を湛えて美しく、廃墟はその一端に転がったゴミそのものという雰囲気だ。

そこに、山が緑の舌をそろそろと差し入れていた。

作業場は淡い黄緑で、家を覆うのは深い緑だ。ひび割れたコンクリートの下からも、点々と緑が噴き出している。

廃墟が山に還るのも、そう遠い話ではないだろう。

(山のものは、山に返さないとね)

思うと、写真が切り替わった。

メールで送られてきた、作業場の写真だ。

真っ黒い枯れ木のシルエットに、蛇に似た靄が巻きついている。

周囲を飾ったオーブが光る。

それらがふわりと漂って、私の方に近寄ってくる。

ぎしっ。

腐った木の軋む音がした。

ぎしっ。

何かが近づいてくる。

「嫌っ——!」

私は体を捩《よじ》って、床に倒れた。

腥《なまぐさ》い臭いが鼻腔を刺した。

そして、微かな声が聞こえる。

私は再び、吐き気を堪えた。

同時に目の先が明るくなって、救急隊員の靴先が、慌ただしく迫ってきた。

十二

病院の屋上で、ベンチに座って電話を掛けた。

「……ええ、そうなんです。すいません。そういうわけで、とてもじゃないけど、原稿、無理みたいなんですよ。いえいえ、長い入院にはならないので、その辺はどうぞ、お気遣いなく。まあ、はっきりした原因が出なかったので、様子見ってところです。でも、多分、わからないままで、退院しちゃうんじゃないかなあ。なんと言っても、もう本人がピンピンしているんですから。……ええ、大丈夫です。取り敢えず、戻ったら、メール致します。本当に、ご迷惑をお掛けしまして」

私は携帯のスイッチを切り、アドレス帳を呼び出した。

「えーと。あと、電話が必要なのはどこだっけ」

締め切りはまだ先だけど、この際だから、連載も一度、外してもらおうか。

私は数件、仕事先に電話を入れて、ホッと息を吐き、空を見上げた。

本格的な夏空だ。

救急車で運ばれたのち、私は一昼夜、ベッドでのたうちまわった。

痛み止めも効かず、何も食べられない。

その間、憶えてられないほどの検査と処置が施されたが、私の頭痛、腹痛、吐き気の正体はまったく摑めなかった。

最初の検査で、異常なしと告げられたとき、私はもう、この症状は原因不明のまま、終わるだろうと予想をつけた。

案の定、二日目の夜中、すべての苦痛は突然、去った。そして、疲労で一日寝続け、三日目には、食事はもちろん、近くのコンビニでコーヒーとケーキを買うほどになっていた。

チクショウ。

私が何をした。

どうして、再び巻き込んだ。

何かをしろというのなら、ここの入院費を払え。

「位牌山め……」

私は毒づき、持ってきていた缶コーヒーを少し啜《すす》った。

苦痛は治まったといえ、数日間、点滴だけで暮らしたお陰で、また少し痩せてしまったようだ。ダイエット中なら大喜びだが、元々太れない質ゆえに、肉の落ちた自分の腕は我ながら情けないものだった。

先日、里美と会ったとき、夏山に一緒に行こうと誘われた。私は快諾したのだが、今の体力ではとても、ハードな登山にはつきあえない。

(温泉にでも行こうかな)

せっかく、暇になったのだから。

仕事を落としたこと自体には、遣りきれない思いがある。しかし、進まない原稿から解放されて、正直、私は安堵していた。

元々、気乗りのしない原稿だった。これを機にプロットから立て直し、新しい話を書く事にしよう。

(胆試しとかじゃ、なくってさ)

私はまたコーヒーを飲み、電話のアドレス帳を見た。

「位牌山」の情報を、若尾に伝えるべきかどうか。私はずっと、迷っていた。

毒づいては見たものの、祝山に関わる恐怖が増したことは間違いない。

しかし、逃避は失敗したのだ。

逃げ切る事が不可能ならば、今度こそ本気で、解決策を模索しなければならないだろう。

(とはいえ、彼女に連絡しても、解決の手がかりにはならないな)

祝山が「位牌山」だと語っても、結局、所感以外の言葉は、互いに出ないに違いない。

恐怖を共有し、ストレスを軽減する意味では有効だろうが、「だから、変だったのだ」で終わっては、事態の好転には繋がらない。

私は携帯電話をしまった。そして、尚、山について考え続けた。

再び、具合が悪くなるという懸念ももちろん、持っている。だが、幸いにして、ここは病院だ。どうせ引っ繰り返るなら、医者の側のほうがいいに決まっている。

私はやることもない入院中に、考えられることはすべて、考えておこうと決めていた。

今、何より気に掛かるのは、救急車を待つ間、頭に浮かんだ数々だ。

冷静に考えれば、これもまた、精神云々で説明がつく。それ以前に、私の入院も合理的理由がつけられるだろう。

だが、私はもう、現実の合理性を求める気はない。

今、無理矢理に理屈をつけるのは、前と同じ——逃げ出すに等しい。

既に、検査結果はシロだったのだ。病理的には、腹痛と頭痛と吐き気があっても、私は健康だったのだ。

すっかり夏らしくなった空を見ながら、私は記憶を辿っていった。

まず、『ガイア・バザール』の中で見た遠景写真だ。

撮影者が小野寺であるのは、十中八九間違いなかろう。

問題は、あの写真をどこで撮ったのかということだ。

現地に行っていないので、断定できないが、祝山の標高は七百メートルに満たなかった。

地図を見る限り、周囲の山も大同小異だ。その程度の山ならば、山頂にも木が茂っている。

たとえ、頂上が整備されていたとしても、あそこまでの見晴らしを得るのは難しいはずだ。

可能性としては、切り立った崖の上からの撮影だ。しかし、記憶にある写真の構図は、たとえ崖からだとしても、祝山よりかなり高い……最低五百メートル以上の高低差はある感じがあった。

もっとも、群馬県には、奇岩の連なる岩峰として名高い妙義山がある。地質的には絶対に、不可能とは言えないだろう。

(だけど、そんなダイナミックな崖があったなら、妙義同様、観光名所になるだろうに)

いや、妙義山すら、標高は千メートル少しだったはずだ。祝山の周辺に、同等の山があるはずはない。

私は小野寺が送ってきた、製材所の写真を思い起こした。

白い靄の巻きついた、異様にはっきりした枯れ木の影――。あの写真は今でも、小野寺の作ったフェイクだったのでは、と疑っている。

『ガイア・バザール』で見た写真も、同様のフェイクなのだろうか。

手間暇掛けて、そんなものを作る理由はあるのだろうか。

(あり得ないものが写るのが心霊写真なら、あの写真そのものが、心霊写真ということは?)

自分でも、信じがたい推理が浮かんだ。

私は「馬鹿な」と呟いて、疑問をお蔵入りさせることにした。

あの写真を見たのは、パニック状態の中だった。記憶違いもあるかもしれない。が、それを確認するために、もう一度、あのパソコンを覗く度胸は持ってない。

苦痛の最中、映像が心に浮かんだのは気に掛かったが、

(もし無意識が、私に何かを伝えようとしていたならば、それは多分、祝山の存在確認みたいなものだ)

廃墟と祝山の位置。それを、私は知りたくて、あの映像を呼び起こしたのだ。

私はそう納得した。

もちろん、逃げも入っている。

画像そのものが丸々心霊写真だなんて、さすがに認めたくなかったからだ。

私は写真を放置して、次の課題に心を移した。

一番、印象に残ったのは、木の軋む音と、聞き損なったナニカの声だ。

(何を言っていたんだろう)

誰が。

如何《いか》なる目的で。

軋みは、古い木の板を無理に撓《しな》らせたごとき音だった。

木造家屋にありがちな家鳴りにしては大きいし、第一、『ガイア・バザール』のビルが木造であるはずはない。

「木、か」

私はまた、呟いた。

そしてもうひとつ、激痛の中、見た映像を思い出した。

異臭の漂う雑貨棚。

再び、記憶が鮮明になる。

天然木で作った棚に、様々な小物が、様々なレイアウトを施《ほどこ》されて並んでいた……。

私は目をしばたたいた。

突然、冷たい水を頭から、浴びせられでもした感じがした。

心臓の鼓動が速くなる。

言葉が甦った。

はっきりと。

——一木一草タリトモ持チ出スベカラズ。

十三

『ガイア・バザール』の店内に、「位牌山」から伐った木がある。

それが、私の得た結論だった。

疑うべき場所は、二ヵ所ある。

ひとつは、小物の並んだ棚だ。

天然木の棚自体がそうかもしれないし、レイアウトに用いられていた、木切れがそうなのかもしれない。

もう一ヵ所は、倉庫の奥だ。

闇に紛れた棚のどこかに、持ってきたまま仕舞われている材木が、転がっているのではないか。

そう考えると、かなりの部分、謎が解けるような気がする。

矢口達がおかしくなったのも、単なる災いの感染ではなく、それなりの因果に基づくものとなる。

廃墟と店内の雰囲気が似ていると言った、若尾の言葉も辻褄が合う。

木を持ち出したのは、誰なのか。

田崎か。それとも小野寺が、廃墟に通い続ける合間に、せっせと運び込んだのか。

いずれにしても、私の勘が当たっているなら、

(解決する目当てはついた)

私はひとりで、頷いた。

山のものは、山に返せばいいのだ。

祝山自体に登る事はできずとも、せめて、店から木を出して、製材所跡に戻せばいい。

もっとも、調べた限りでは、その方法で無事を得た人の話は載ってなかった。だが、少なくとも、店の中から祝山の木を出してしまえば、これ以上、事態が悪い方向に転がることはなくなるはずだ。

（そうあって欲しい。木であってくれ）

私は期待に縋《すが》りついた。

この推測が外れたら、最早、何も打つ手はない。

わけのわからない恐怖に、私は怯え続けねばならなくなる。

私は勇み、願いを込めて、翌日、若尾に電話を掛けた。

――しかし、またもや彼女は出なかった。

留守電に伝言を残したが、その返事も来なかった。

それだけで、もう不安になる。だが、ここで焦っても仕方ない。日常なら、こんなこと、さして珍しい事ではない。

それに彼女が忠告に従い、胆試しのメンバーと一切の関わりを断つつもりなら、事件の一場面を担った私との交流も断ちたいに違いない。

若尾がその決意をし、連絡を寄越《よこ》さないのなら、諦めるのが筋だろう。

私は敢えて気楽に構え、その日の夕刻、退院した。

戻るのは、仕事場ではなく、実家の方だ。

心配した親が、一週間は家で寝てろと言って聞かないからだ。実際、数日間、食べられなかったため、まだ少し、ふらふらしている。自炊をするのも面倒臭い。申し出は有り難かった。

実家も東京にあるために、さして面倒な距離ではない。
久しぶりに家に戻って、私がすぐにしたことは、溜まっただろうメールのチェックだ。
親のパソコンを借り、パスワードを入力する。
案の定、不用なＤＭを除いても、二十件以上の連絡が来ていた。
ざっと、タイトルを流し見る。添付ファイルのついているものが、一件あった。
『写真送ります』
――小野寺だ。
「うわ、わ」
おかしな悲鳴が漏れた。
同時に、ほぼ反射的に指がファイルを削除した。
私は慌てたまま、それを、「ゴミ箱」からも消去して、やっと自分の行為に気づいた。
「消しちゃった……」
力の抜けた苦笑が漏れた。
本当にもう、恐怖が体に染みついている。
ほんの数秒の行為の間に、脈拍が跳ね上がっている。
私は情けなくなると同時に、見なくて良かったと胸を撫で下ろした。

いまだ、私があの件に関わりを持ち続けているのは、そこに希望を見出すためだ。災いの火種は一切、いらない。

もちろん、この期《ご》に及んでも、興味がなかったとは言い切れない。だが、もう一度、自分の身の上に「好奇心は猫を殺す」を適用するのはゴメンだった。

（また、入院なんかしたくないからね）

残りのメールで、緊急を要するものはないようだ。

知人からさりげなく、過日のイベントの報告が来ていた。

「はあ……」

私はまた、声を漏らした。

携帯電話の異常に戦《おのの》き、完全に忘れ去っていた。

本当の事を書くわけにもいかないだろうから、体調不良だったと言って、適当にフォローしておこう。

実際、入院したのだから、この言い訳は心強い。

（うん。当分、気の乗らない誘いは、病み上がりってことで断ろう）

祝山のせいで、仕事も体調も滅茶苦茶になったのだ。せめて、このくらいのメリットは、お駄賃として、あってもいい。

私は一度、メールを閉じて、入院荷物の片付けを始めた。

数日、過ごしただけだというのに、慌てて買ったスリッパだの、前ボタンのパジャマだの、買い込んだ荷物が結構、ある。

それらを並べて、ふと見ると、床に置かれた携帯電話が「着信あり」を表示していた。

相手を確認する。

若尾木綿子だ。

三十分ほど前に、連絡をくれたらしい。

(バタバタしてて、気づかなかった)

僅かな緊張を感じつつ、私は電話を掛け直した。

すぐに、彼女は電話に出た。

そして早口で、先日の留守電に気づかなかったことを詫びてきた。

「別に、構わないですよ。事故や何かで、出られなかったわけじゃないんでしょう」

椅子に戻って、私は言った。

『それはないです。私、お店を辞めることに決めました』

「あ、そうなんだ！」

彼女の素早い決断に、私は声を弾ませた。

「うん。そのほうがいいと思います。となると、もう、若尾さんには関係ない話かもしれないけれど、先日、電話したのは例の件でね、お知らせしたいことがありまして」

『私も、その、お話が』

言葉を遮《さえぎ》り、若尾が言った。声が緊張で詰まっている。

「どうかしたの？」

私は思わず、眉を顰めた。泣いているような声で、彼女は続けた。

『小野寺さんが亡くなったんです……』

途端、びくっと四肢が震えた。私は目の前にある、パソコンを見た。

「……いつ」

『昨日の夕方。バイクの事故で』

「…………」

『廃墟の、あの県道で』

電話を握りしめながら、私はパソコンのキィを叩いた。

（小野寺からのメールはいつ、来た？）

憶えてない。

記憶にあるのは、イベント報告の後だったということだけだ。

その日時は——昨日の夜。

(記憶違いだ)

私は思い直した。

慌てて消してしまったから、勘違いをしてるのだ。小野寺の写真は、その前に送られてきたに違いない。

私は一通前のメールを見た。

送信時刻は、昨日。十五時。

死の直前、彼は私にメールを送ってきたというのか。

山の中から、ご丁寧に、写真を送ってきたというのか。

額から汗が噴き出した。

混乱してくる。

記憶違いだ。

消さないでおけば、安心できたのに。

彼は何を送ってきたのだ。

死の直前に。

死の後に?

ありえ得ない、さすがに、そんなこと。

『――鹿角さん？』

長引いてしまった沈黙に、気遣《きづか》わしげな声が被った。私は椅子から立ち上がり、詰めていた息を吐き出した。

「ごめん。驚いてしまって」

私は部屋を歩き回った。

若尾が訥々《とつとつ》と、事情を語る。

小野寺の死因は脳挫傷。原因は単独のスリップ事故だ。死亡推定時刻は夕刻だが、たまたま人通りがなかったため、発見されたのは夜だったという。

若尾はそれを先程、知った。

私と会った二日後に、彼女は田崎に辞意を語った。しかし、『スワミ』の店長が未だ復帰しないため、彼女はそれまで暫定的《ざんていてき》に店に通わざるを得なかった。すべてを放り出すほどに、無責任にはなれなかったのだ。

『それでも、今月中にはなんとか、辞められるはずなんですが……』

心細そうに、彼女は語った。

私の電話に出なかったのは、忙しかったからでも、過日のような通信上のトラブルでもない。電源を切っていて、単に、気づくのに遅れたのだと言う。

原因は、矢口にあった。

私と店で会って以来、矢口は『スワミ』には来なくなった。酒臭いまま、店に戻って、さすがに注意されたのだ。

そして、翌日以降、彼女は『ガイア・バザール』から、若尾に電話を掛けてきた。電話に出ないとメールを打った。

言う事も書く事も、その内容は支離滅裂で、強烈な悪意に満ちていたという。

『多いときは、一日に十件以上あるんです。仕事中だけじゃなく、帰宅したのちにも度々、電話が掛かってきて……。精神的に参ってしまって、それで電源を切ったんです』

湿った声で、若尾は訴えた。

『店を辞めようと思ったのは、矢口さんのせいでもあるんです。鹿角さんと体験したことも引き金にはなったんですが、それよりも、同僚とも言うべき人の悪意に耐えられなかったんです。でも、私が辞めると知ってから、余計に酷くなってしまって……。「逃げるな、卑怯者」って、何回も、留守電やメールに入るんです』

「逃げるな？」

私は尋ね返した。

『ええ』

短く、若尾は肯定した。

矢口から逃げるなということか、それとも、あの薄気味悪い場から去るなということか。

確認しても、若尾に答えは出せない。

彼女はやや愚痴っぽく、少し話を続けたのちに、

『これから、お通夜に行くんです』

そう締めくくって、電話を切った。

祝山について、言い出す機会はなかった。

いや、私は敢えて語らなかった。

人ひとりが死んだのだ。

私にとっては、どうでもいい人間だったが、彼にも親や友人がいる。その死を祟りと決めつけて、そら見たことか、というような、弁舌を振るうのは気が退ける。

第一、私の推理が当たっていても、小野寺にはもう、なんの意味もない。

——汗が引かない。

私はクーラーを強くして、再びパソコンに視線を投げた。

メールも、送り主も、この世から消えた。

身震いがした。

私はこの冷たい汗が、気温と関係ないことに気がついた。

十四

長編の原稿を落としたお蔭で、暇な毎日が続いていた。

次の締め切りは当分、先だ。

ここ数年は正月ですら、こんなにのんびり過ごせなかった。

久々仕事から遠のいて、私は年末ばりの大掃除をしたり、買っただけになっていた本を読んで過ごしたりした。

惜しむらくは、猛暑であることだ。

八月を迎えて以降、東京の最高気温は連日三十五度近い。出歩きたい気持ちもあったが、用もないのにふらふらと、炎天下を彷徨《さまよ》う気にはなれない。

小野寺の死から、ひと月以上が経った今、私が彼らを思い出すことは稀《まれ》になっていた。

若尾からの連絡はない。

二度ばかり、矢口からメールが入っていた。

私達の小説はどうなってますか？　是非、私達をモデルにしてね。


すべて、同じ文面だ。

読むたびに心は重くなったが、私はそれを矢口朝子の生存確認として認識した。

彼女は死んでない。

変わらずに、あの店で働いているのだろう。

ならば、口は挟むまい。

結局、祟りのなんのといっても、当事者達に自覚がなければ、それらは存在しないに等しい。日々、つつがなく暮らしている人に、不吉な文言を押しつけるのは、霊感商法と変わらない。

私個人の意見としては、「位牌山」の因果は存在している。だがそれは、ひとりの人間の死をピークにして、落ち着きを見せたように思えた。

実際、あの日を境にして、身の回りに変事は起こらなかった。

生贄《いけにえ》を得て満足したかのように、祝山の禍々しさは身辺から消え失せていた。

（やはり、諸悪の根源は、小野寺だったというわけか）

その平安を嚙みしめるたび、どうしても、私はそう思ってしまう。

死者を鞭打ちたくはない。だが、感情はどうにもならない。

心霊スポットに胆試しに行ったという、それからして気に食わなかったのだ。霊能者ぶるのも鼻についたが、神社に唾を吐いたと聞いて、私は彼を嫌悪した。

古い言い方だが、本当に、罰《ばち》が当たればいいと思っていた。

だから、現実の「死」というショックが薄れるほどに、彼への同情も薄らいだ。

私は己の記憶から、小野寺への気遣いを切り捨てた。祝山の因果も捨てた。

なのに——。

零時過ぎてから、仕事場の電話が鳴った。

その相手の名前を聞いて、私はまさに絶句した。

「田崎、さん?」

『お久しぶりです』

電話の向こうから、明瞭な男の声が響いてきた。

深夜の電話は百パーセント、里美か同業者のものだ。

そう思い込んで、うっかりと電話に出たのが失敗だった。

『お元気ですか?』

「え。ええ、まあ」

私は口籠もりながら、突然の電話の目的と理由に考えを巡らせた。

(矢口の馬鹿。また、人の情報を勝手に教えたな)

情報源はすぐ、予想がついた。しかし、田崎の目的はまったく予想外だった。

適当な挨拶ののち、彼は明るい口調を崩さず、言った。

『小野寺のこと、聞いてます?』

「はい。ご愁傷様でした」

『明日が彼の四十九日なんですよ。それで追悼のため、事故現場に行こうと思うんです。鹿角さんも是非、いらしてください』

「は?」

思わず、間の抜けた声が出た。

『朝九時に、店の前で待ってます。いえ、なんだったら、お迎えに上がります』

「ちょっ、ちょっと待ってください。私はそんな……。小野寺さんとは、ほとんど縁もないですし」

『会ったのは、一回だけでしたよね。でも、彼、ずっと、あなたにもう一度、会いたいって言っていたんですよ。だから、会わせてあげたいんです』

ゾッとした。

まるで、事故現場で、小野寺の幽霊が待っているような言い方だ。

『それでね、彼の供養をしてやって欲しいんです』

私は拒絶しようとして、ふと、気になったことを訊いてみた。

「若尾さんも行くんですか？」

田崎は、はきはきと答えを返した。

『もちろんですよ。実はね、彼女があなたを是非、誘って欲しいと言っているんです』

——店を辞めたのではなかったのか。

私の眉が険しく、寄った。

(彼女が私を誘えと言った？)

一体、どういうことだろう。

もしや、若尾も矢口同様、おかしくなってしまったのか。

いつぞや感じた重苦しさが、胃の辺りに甦ってきた。

『もちろん、僕も会いたいし、ヤグっちゃんも待ってますよー』

軽いながらも押しの強い、誘い文句が続いていく。

私の知る限りでは、田崎の神経はまともだった。が、拒絶が罵倒や災いに繋がらないとは言い切れない。

　私は少し考えて、玉虫色の答えを出した。

「そうですね。行きたいですね。でも、締め切りが迫ってるんです。明日の朝まで、これから何枚書けるかで、変わってくると思います。極力、努力してみますけど、明日、九時に、お店の前にいなかったら、そのときはごめんなさい」

　もちろん、嘘だ。

　ただ、連絡の来た時間が時間だ。明日の朝とはいうものの、実質はもう九時間しかない。それを逆手に、私は徹夜覚悟の誠意を表した。

　案の定、田崎の語調が鈍った。

　私は「頑張る」と言い続け、彼は到頭、

『来てくださいね。待ってます』

　それだけを残して、電話を切った。

「……誰が行くか。バカヤロウ」

　口汚く、私は罵った。

　まだ、縁が切れてないのかと思うと、気が重くなってくる。私は電話を握ったまま、ごろりとベッドに寝転んだ。

その体勢が落ち着く前に、今度は携帯電話が鳴った。

今度こそ、相手をきちんと確認する。表示された名は「若尾木綿子」。

私は通話ボタンを押して、いきなり、彼女に怒りをぶつけた。

「どういうこと」

『お、お願いですから、来てください』

私の詰問に返った声は、悲鳴に近いものだった。

『私……私、辞めたんです。けど、給料の未払い分を今日、払うから取りにきてって。私物もあるからおいでって……。そうしたら、今晩は帰さないって。明日、みんなで山に行くって……』

私は飛び起きて、ベッドに座った。

『ごめんなさい。田崎さんの言うとおり、私が賛成したんです。鹿角さんも誘おうって。だって、ひとりじゃ、とても……こ、怖くて』

嗚咽《おえつ》混じりに若尾は言った。

「今、どこから掛けてるの」

『トイレです』

最早、監禁ではないか。

私は唇を嚙みしめた。
祝山はまだ、離れていない。
私がのんびりしている間に、その触手は確実に伸び、彼らを搦《から》め捕ろうとしている。
『ガイア・バザール』の倉庫で見た写真が甦る。
不可思議な遠景写真の中、山は緑の舌先を製材所跡に差し入れていた。
緑の舌の浸食は、日々見ていては気づかない。だが、一月後には変わっている。
コンクリートすら突き破り、祝山の草木は伸びる。
蔦《つた》は廃墟を締めつけて、がんじがらめにし、崩壊させる。
小野寺はもう、いない。
矢口も変だ。
田崎もまた、おかしくなって、そして今、若尾をも、山は絡め取ろうというのか。
――いや、そんなことを考えている暇はない。
「いっそ、警察に通報すれば」
縋《すが》られてもまだ、巻き込まれることを怖れて、私は苦しまぎれの提案をした。
『そんなこと……』
若尾が首を振るのがわかる。

「無理だよね」

暗い声で、私も同意した。

銃で脅されているわけではないのだ。

傍から見れば、彼らの行為は、元同僚の悪巫山戯《わるふざけ》でしかないだろう。いや、供養のためというのなら、それにつきあわない若尾のほうが、不人情に映るに違いない。

だが、彼女が銃と同等の危機に怯えているのはわかる。

必死に、私は考えた。

当事者達に自覚がなければ、祟りはないに等しいと、私は思っていたはずだ。つつがなく毎日を送っているなら、敢えて不吉を持ち込むことはないというのが、結論だった。

胆試しと面白がって、自ら凶事を呼び込んだなら、災いを被るのは自業自得だ——それが私の持論でもある。

だが、今はどうだ。平穏か？

泣きながら、震えている若尾のことを振り捨てられるか？

これで、彼女に何かあっても、私は自業自得だと笑って過ごしていられるか？

「……わかった。行く」

絞り出すように、私は言った。

震える溜息が聞こえてきた。

安心したに違いない。

私は数語、慰めを言い、

「できれば、少しでも寝ておいて。明日はきついだろうから」

そんなことを言って、電話を切った。

声が途切れると、沈黙が身に迫ってくるようだった。

私はベッドに座ったまま、じっと宙を睨みつけた。

明日、私が行ったところで、何ができるわけでもない。せいぜい、一緒に怖がって、再び廃墟に踏み込むことを阻止するのが関の山だろう。

義侠心からの行為ではない。

私がつきあうのは、万が一のことがあったとき、罪悪感を少しでも軽くしておくためにすぎない。

だからまず、自分を守る。

今度こそ、祝山から逃げ切るために、そのために、最善を尽くすのだ。

私はベッドから下りた。

そして、少し考えて、本棚から地図を取り出した。

十五

待ち合わせ時刻の十分前に、私は『ガイア・バザール』に着いた。

角を曲がると、三人は既に、店の前で待っていた。

白く輝くような陽射しの中で、矢口と田崎が笑っている。若尾は少し離れたところで、疲れ果てた顔をしていた。

私は早くも募ってきた、いや、昨晩から抱き続けていた緊張を尚、募らせて、ゆっくり彼らに近づいた。

「おはよう。今日はよろしくお願いします！」

左手で、田崎が敬礼のポーズを取った。早くも三十度を超えたというのに、田崎のシャツは長袖だ。私は彼の右腕を見た。

棒きれのように動かない。

カラフルなチェックの袖口からは、茶色い……枯れ枝のように茶色い、痩せた手首が下がっていた。

視線に気がついたのか、身を捻り、彼は腕を隠した。その顔色も、鬚では隠しようもなく、浮腫み、どす黒かった。

私は矢口に視線を移した。

彼女はまた、太ったみたいだ。それに、だらしなくなった。

伸びるに任せた髪をひとつに束ね、化粧もろくにしていない。近づくと、汗臭かった。それ以上に、ふたりからは熟柿に似た臭いが漂っていた。

「朝まで、呑んでいたんですか？」

微笑み、私は彼らに尋ねた。

「そうそう。テンション、上がっちゃってさ。鹿角さんも来てくれたから、これから益々、張り切っちゃうね」

どこか痛々しいような陽気さを見せて、田崎が言った。

「じゃあ、電車で行くんですね」

私はこれ幸いと、当然の顔で言い切った。

「ええ？　車だよ」

矢口が口を尖らせる。

「ダメだよ」

私は彼女を睨んで、

「ふたりとも、すごく酒臭いよ。検問があったら、絶対、引っかかる。そうなったら供養もできないし、第一、今日から、お盆じゃない。高速道路、メチャ混んでるよ」

強い調子で言い切った。

ふたりが呑んでいたのは幸運だった。

私は最初から、車には絶対、乗るまいと思っていた。

矢口と田崎は危険だし、若尾も多分、眠っていないに違いない。ハンドルを任せるわけにはいかない。

リスクは可能な限り、潰していく。それが第一の防衛策だ。

「ああ、お盆だったねえ」

今知ったように、田崎は笑った。

その笑みに薄気味悪いものを感じつつ、私はメモを取り出した。

昨晩、時刻表を調べておいたのだ。私はてきぱきと説明した。

「現地の最寄り駅までは、新宿から特急と在来線を乗り継いで、大体、二時間半で着きます。そこからバスが出ています。本数は少ないですけどね。まあまあ乗り継ぎがいいので、待たずに済む。製材所跡近くのバス停までは、一時間くらいってとこでしょう。一時過ぎには着きますね」

「でも、帰りが困るじゃん」

子供のように、矢口が肩を揺すった。

「帰りの時刻表も調べてきたから」

私はそれを切り捨てる。

「けど」

「どうしても車で行くっていうなら、私、今日は行かないよ」

睨むと、矢口は口を閉ざした。

若尾が驚いた顔で、こちらを見ている。始めからの喧嘩腰は、予想外だったに違いない。

別に、矢口に喧嘩を売って、怒らせたいわけではない。彼女を憎んでいるわけでもない。

私が見ているのは、矢口ではない。彼女の背後にある「山」だ。

誰に文句を言われても、それだけには、負けるわけにはいかない。

「それにね」

強い語調を維持したまま、私は田崎に視線を戻した。

「昨日、夢に小野寺さんが出てきてね。気をつけろと言ってくれたんです」

「へえ」

田崎が目を丸くした。

「彼、バイクの事故で死んだんでしょう？　だから、私達が車で来るのを心配してくれたみたいです」

嘘も方便。

私は腹を括《くく》っていた。

昨夜の電話で、田崎は私に供養して欲しいとか言っていた。私にそんな芸はない。だが、彼がまだ、私のことを霊能者のように思っているなら、それはそれで、利用させてもらうことにした。

案の定、そのひと言は、現実的な理屈より、田崎を動かしたようだった。まだ、不満顔の矢口を後目《しりめ》に、彼は車のキィを鳴らすと、慌てたように踵を返した。

「じゃ、車から荷物を出さなきゃ」

「待ってください！」

大声で、私はそれを呼び止める。

三人がぎょっと体を竦めた。

私の脈が、やや速くなる。

（落ち着け）

自分に言い聞かせ、私は慎重に口を開いた。

「田崎さん。いきなり変な事を訊きますが、もしかして、あなた達、あの廃墟から何か持ち帰っていませんか？」

前置きもない直球だ。

途端、田崎の顔色が変わった。

(当たりだ！)

私は心の中で、躍り上がって快哉《かいさい》を叫んだ。

これで、最大のリスクが除ける。祝山から逃げられる。

(絶対、この機を逃しちゃいけない)

瞬きもせず、私は田崎を見据えた。彼は視線をうろつかせ、勢いをなくして呟いた。

「いや、何も」

「あそこ、製材所跡でしたよね。木とか、持ってきていませんか」

手を緩めるわけにはいかない。

「…………」

「『ガイア・バザール』の店と、奥の部屋に、それ、置いてないですか」

「どうして、そんなこと」

「勘ですよ」

言い切ることは、重要だ。

「なければ、構いません。けれど、もし心当たりがあるのなら、それ、今日、返したほうがいい」

私は高飛車な態度で告げた。

何をどう調べて、この結論に達したかなど、説明することはない。

蘊蓄だろうが、霊感だろうが、結論が変わらないのなら、プレゼンテーションは効果が期待できるほうを選ぶべきだ。

(エセ霊能者も、事前に色々とクライアントを調査するって聞いたよな)

私がやっていることも変わらない。

エセ霊能者は大嫌いだ。しかし今は、それで結構。この場の主導権が握れるならば、私はエセ霊能者になりきろう。

横目で見ると、若尾がぽかんと口を開いて、私を見ている。

そういえば、結局、彼女にも「位牌山」の伝説は語ってなかった。彼女も私に霊感があると見なしたのだろうか。

「鹿角さん、最高！　さすがだねっ」

弾けたように、矢口が笑った。

「よくわかったねえ。すごい、すごい」

急に恥ずかしくなってきた。素人芝居も甚《はなは》だしい。

言い訳が零れそうになるのを抑えて、私は曖昧に矢口に笑った。

無言のまま、田崎が踵を返し、『ガイア・バザール』のシャッターを開いた。

過日に見た店内が、朝の光に照らされる。

一度は魅力的に見え、そののち、魔物の巣窟《そうくつ》のように思えた空間だ。そこは今、妙に白っちゃけ、雑然とした雰囲気を漂わせていた。

品数が少ない。

(棚に、埃が積もっている……)

ガラス越しに店を見て、私は微かに眉を顰めた。

客足が遠のいたのだろう。

矢口も田崎もこんな調子では、客も商品も管理できまい。それ以上に、勘のいい人なら最初から、店には足を踏み入れまい。

見守る中、田崎はまず、ごろんとした材木を奥から運び出してきた。そして、雑貨の棚の上から、木片をふたつ取り除く。

ネックレスと石のレイアウトに使っていたものだ。

(パワーストーンも形無しね)

石に魂があるならば、悲鳴を上げていただろう。

木切れが、店の前に並んだ。

太陽の光を受けて、それらはひどく痛々しい。

虫に喰われ、朽ちかけ、黒ずんでいる。

「気がつかなかった……」

若尾が頼りなく呟いた。

「先に、君、逃げちゃったから。帰り際に取ってきたんだよ」

田崎がぼそぼそ呟いた。

「これで、全部?」

私は訊いた。田崎が頷く。

「若尾さん。きれいな包装紙を持ってきて」

言うと、若尾が店に駆け込む。彼女は気を利かせて、ガムテープと、梱包用の紐も持ってきた。

それで、若尾と一緒に木を包む。

(今日、山に返すから)

丁寧に梱包しながら、私はそう祈り続けた。

大きな木は、田崎に預けた。男だからというよりも、持ってきた責任を取らせるつもりだ。

残りのふたつは、紙袋を二重にし、矢口に預けることにした。

「ええ？　なんで、私が持つのよお！」

彼女は怒鳴り声を出す。

「太り過ぎよ。少しは動けば」

今度は動じる事もなく、私は荷物を押しつけた。

矢口の顔が赤くなる。

良い傾向だ。醜く変化してしまった、自分をちゃんと自覚すべきだ。

半ば見張る心づもりで、私はふたりを先に立たせた。

そして駅に促しながら、時計を見、若尾に頷いた。

「十時までに、新宿に着きたいわ」

十六

電車の中、ほとんど四人に会話はなかった。

ボックス席ならともかくも、横並び一列に座っては、たとえ話があったとしても、喋りにくい状況だ。

祝山の木は、網棚の上に載っている。それをときどき確認しながら、私はとりとめのない考えに耽《ふけ》った。

田崎と矢口は、転寝《うたたね》をしている。

徹夜で呑んだ、酒が残っているせいだろう。この状態で、車で行くつもりになっていたとは恐ろしい。祟りなど持ち出すまでもなく、事故を起こす可能性は充分だ。

その認識のないふたりはやはり、おかしいとしか言い様がない。

大体、供養とか言いながら、花も用意していない。矢口が祝詞でも唱えるのだろうか。

それ以前に、場所は県道だと言ってたが、彼らは本当に、その場所をきちんと特定できるのか。

(どれもこれも、胡散臭《うさんくさ》い)

小野寺の死が、いい様に使われているみたいな気がする。知人の死を悼《いた》むふりをして、彼らはイベントを作り出した。そして、新たな心霊スポットで騒ぎたいだけなのではないか。

(現実的に考えればね……)

神経作用や心の変化を、どこにどう結びつけるか。

各人の育った環境や、思想で答えは異なってくる。

私は今回、彼らの行動を祝山の〝障り〟と見なした。だが、もしかすると、何もなくとも、このふたりは知人の死をイベント化したのではなかろうか。

(意地悪すぎる見方かな)

ふたりの横顔に視線を馳《は》せて、私は車内を見渡した。

予想よりは混んでいなかったが、やはり夏休みのせいか、親子連れの姿が目立つ。

――「ねえねえ。お墓行ったら、何するのお?」

短パンを穿いた小学生が、ぴょんぴょん跳ねて、親に抱きつく。父親がユーモアを交え、墓参の作法を教えていた。

「スイカ割りは?」

「お墓じゃしないよ」

笑い声が耳に届く。

(盆の入り、か)

東京は新暦でやるために、盆の行事は七月中に終わっている。私は今年、退院後ということで、すべてを親に任せてしまった。

東京のご先祖様は、既にあの世にお戻りだ。だが、全国的には八月を盆とするところが、ほとんどだ。

(旧暦と新暦。あの世の方では、どう折り合いをつけているんだろ)

この時期、私はいつも考える。

新暦の導入は明治以降だ。それ以前に生きた、東京の先祖達に戸惑いはないのだろうか。場合によっては、二度呼ばれたりする人もいるのではないか。

ふたつの暦がこんな風に交ざった国など、ほかにないに違いない。

とりとめもなく考えて、私はふと、以前にも似たような話をしたと思った。

幽霊の訪れる季節の話だ。

確か、里美との長電話だ。

(なんだっけ。馬鹿なことを言っていたよな)

吹き出したことを憶えている。私はその記憶を手繰《たぐ》り寄せ、別のことを思い起こした。

（あの日、矢口がメールを寄越した）

すっと心が冷えてきた。

思えば、あのメールこそ、今日に至る発端だった。

――地獄の釜の蓋が開く。

記憶が鮮明になってきた。

地獄の釜の蓋が開く日は、死者がこの世に出てくる日だと、里美は考えていた。

私は蘊蓄を語りつつ、一方でその意見に同意した。

その日、お山に死者が集う、と……。

「もうすぐ、駅です」

落ち着かない素振《そぶ》りで、若尾が立った。

反射的に腰を上げ、私は棚から荷物を下ろす。

動揺している場合ではない。動揺しても、もう遅いのだ。

私は矢口達を揺さぶり起こした。ふたりは濁った目を開けて、人目も憚《はばか》らず、大欠伸《おおあくび》をした。いまだに息が酒臭い。

（行きたいって言い出したのは、あんたたちでしょ）

私は腹を立てながら、各々に荷物を押しつけた。

「きちんと、目を覚ましてください」

※　※　※

バスを待つ二十分ほどの暇に、私達は昼食を済ませた。

蕎麦屋があっただけでも、有り難いような駅だった。

私は念のため、帰りの時刻表を写し取り、気を落ち着けるために煙草を吸った。

田舎の始発駅である。バスは既に停まっていた。若尾は先に乗り込んでいる。

(大丈夫かな)

かなり憔悴《しょうすい》しているようだ。

私は気に掛けつつも、尚も外に留まった。

懸念材料が、ひとつある。

戻りのバスが来るまでの時間だ。

事前の調べでは、一時間近い間が空くらしい。

着いてすぐ、廃墟に木を戻したとして、そののち、何をすればいいのか。小野寺の死に場所がわかったとしても、手を合わせるだけなら、一分で済む。

長居をしたい場所ではない。

希望としては、その間、歩いて、一駅でも町に近づいておきたい。だが、矢口達がすんなりと従ってくれる保証はない。

電車の中で寝ていたせいか、田崎と矢口はすっかり、元気になっていた。

ふたりは夏の陽射しにはしゃぎ、懲りることなく、前回の思い出話に興じていた。喫煙所から少し離れていたために、全部は聞き取れなかったが、「廃墟」だの「神社」だのといった単語が、ときどき、耳に飛び込んでくる。

何がおかしかったのか、矢口が身を仰《の》け反《ぞ》らせて笑った。そして、私に駆け寄ってくる。

「鹿角さん、ねえ」

汗ばんだ手が、腕を取ってきた。

「危ない」

私は煙草を避けて、慌てて灰皿で火を消した。そろそろ、バスの出発時間だ。私はバス停に歩き始めた。

纏わりついたまま、矢口は笑う。

「私達の小説、進んでる？　ちゃんと、書いてくれている？」

「え」

「やだ、もう。しっかりしてよねえ」

彼女は強く背中を叩いた。

思わず、前のめりになりながら、私はバスに乗り込んだ。そして、すかさず若尾の隣に腰掛ける。二人掛けなのが、有り難い。

「ああ、私がデブだから、一緒に座りたくないわけね」

矢口が唇を歪めて嗤《わら》った。

「荷物、ちゃんと持ってるでしょうね」

無視して、私は注意を促す。

彼女はふて腐れた態度で、紙袋を掲げると、田崎と共に後ろに回った。

長い息が口から漏れた。

肩がひどく凝っていた。

「大丈夫ですか？」

若尾が囁く。

「若尾さんこそ、寝てないんでしょう」

私は首を回しつつ、「肩凝りは職業病よ」と付け加えた。

「お忙しいところ、すいません」

フォローしたつもりの言葉に、彼女は項垂《うなだ》れた。

「ああ、別に……」

「位牌山」の件どころか、入院騒ぎも彼女に伝えていないのだ。若尾は田崎に向けた牽制を、そのまま信じているのだろう。

喋ってしまいたい気持ちはあったが、後ろに聞こえたら、面倒臭い。

(今日が終わって、皆が無事に戻れたら……。その後、きちんと話をしよう)

私は考えて、口を噤んだ。

――こぢんまりとした町を抜けると、緑の気配が濃くなってくる。

エンジン音に掻き消されもせず、蟬の声が耳に届いた。

まさに、夏の真っ盛り。

アスファルトに陽炎《かげろう》が立つ。森が深くなれば、木漏れ日が、道に光の花を咲かせる。

道の両側を包む緑は、その白銀の輝きと対照的に暗く、濃い。

里山のある土地ならば、どこにでもある風景だ。

だが、ありきたりだからと言って、美しさが傷つくわけではない。

(山に遊びに行きたいなあ)

私は流れる緑にうっとりとした。

(里美と山に行こうって、約束していたんだよね……)

なんだか、頭がぼんやりしてくる。

しっかりしなくちゃと思いながらも、思考はどこか散漫だ。

今更、眠くなってきた。

町の外れに至る間に、乗客はほとんど降りてしまった。人の気配の薄れた車内と、規則的なバスの振動が、余計に人を眠りに誘《いざな》う。矢口達はまた、眠ったのか。静まり返って、声もない。

(お茶でも飲んで、目を覚まそう)

私はバッグを掻き回し、ペットボトルを取り出した。

「あの」

その脇から控えめに、若尾が声を掛けてきた。

「今、通ったのが廃墟ですけど」

私は跳び上がって、窓の外を見た。

既に製材所跡の影はなく、祝山の雑木林が続いている。

(手前で降りるつもりだったのに)

うっかりしていた。

（いや、本当に、ただの私のドジなのか？）

不安が過《よ》ぎった。が、もたもたしている暇はない。こういう山道のバス停は、一駅の区間が長いのだ。

私は降車ボタンを押して、次の停留所を確認した。

表示名は――『山神社前』

（これは、なんの巡り合わせだ）

神社に寄るつもりはなかった。

私は祝山の木を元々あったところに戻して、それで終わりにするつもりでいた。

（それじゃ、ダメなのか？）

私は迷った。

神社に行くべきか。行かざるべきか。

導きか。それとも罠か。

声を上げれば、運転手はバスを停め、この場で降ろしてくれるだろう。中途半端な位置ではあるが、そうすれば、神社は見ないで済む。

わからない。私は霊能者じゃない。こんなことに、答えは出せない。

道が左にカーブを始めた。

地図が頭に思い浮かんだ。

このカーブの先に、山神社はある。

舌打ちをし、私は財布を出した。

「降りるよ」

後ろに声を掛けると、案の定、ふたりはまた眠っていた。

本当に、殴ってやろうか。

「起きろ！」

私はもう一度、かなりヒステリックな声で叫んだ。

十七

バスが去ると、辺りには蟬の声しか残らなかった。

奇妙な、その静けさの中、四人は立ち尽くしていた。

バス停と神社の位置は、少し離れているらしい。視界に入る範囲では、鳥居の姿は見当たらなかった。

田崎は誰かへのプレゼントに似た、包みを両手で抱えていた。

『ガイア・バザール』の包装紙は、なぜかクリスマスカラーだった。そのカラフルな配色に、寝疲れた男の顔色が一層、黒く、窶れて見える。

右手がひどく不自由そうだ。それで必死に包みを支えて、彼は所在なげに私を見つめた。

矢口は紙袋を足許に置き、しきりに汗を拭っている。

私は暑さを感じなかった。

むしろ、この地に降りてから、どんどん体が冷えてきている。

そういえば、側に川があるはずだ。そのせいか。いや、クーラーの効いたバスの中より、ここは寒い。

若尾は道の先を見ている。

多分、もう少し歩いたところに、山神社があるのだろう。

覚悟を決めて、私は若尾の視線の向く方に歩き始めた。

「どこに行くの？」

矢口が尋ねた。私は視線を合わせずに、前を見たまま、尋ね返した。

「まず、確認しておきたいんですが。小野寺さんが亡くなったのは、どこなんですか」

答えは返らなかった。

「どこなの？」

私は振り向いた。

真後ろにいた田崎が、下手な愛想笑いを浮かべる。

「花があるから、わかると思って……」

「ありました？　見てた？　寝てたでしょ？」

「怒らないでよお、鹿角さん」

甘えた声で、矢口が笑った。

「そうだよ、帰りに探せばいいよ」

助け船に、田崎も微笑む。私も一応、笑ってあげた。

「ここから町まで、歩いていくの？」

「え。そこまでは」

「県道を抜けるまで、車でどのくらいかかりました？」

「あのときは、エンジンがおかしくて」

矢口が唇を尖らせる。

途端、私はぶち切れて、ふたりのことを怒鳴り飛ばした。

「エンジンがおかしくったって、人が歩くより速いでしょ！」

やはり、思ったとおりだった。

「……何しに来たの」

私は呻いた。

「最初から、小野寺さんの供養なんて、どうでもよかったんでしょう。あなた達は、ただ単に、もう一度、ここに来たかっただけ」

「そんな。来る理由がないよ」

田崎はまだ、戯《ふざ》けているのか。小さく肩を竦めてみせる。私はふたりを睨みつけた。

理由は、来たかったというだけで、充分だ。

巻き込みたかったというだけで、充分だ。

その原因が、性格にあろうと呪いにあろうと、そんなことはどうでもいい。

(山に集う死者達に、私を生贄《いけにえ》にしないでくれ……)

若尾が不安そうな眼差しで、私の顔色を窺った。

青ざめているのが、自分でわかる。

怒りではない。

怖かった。

バスから降りた瞬間に、私は「山」が、私が考えていたよりずっと、恐ろしいことに気がついたのだ。

こんなに晴れ渡っているのに、押さえつけてくるように、空気が重い。

真夏の真昼だというのに、奥歯に力を入れていないと、震えるほどに、私は寒い。

皆、平気なのか？

なぜ？

私だけ？

私だけ怖いということは、凶兆なのか、吉兆なのか。

（帰りたい）

泣きたくなってきた。

無理というのは、わかっている。ここで振り切って駆け出せば、段取りはすべて無駄になる。エセ霊能者のふりまでして、やっと漕ぎ着けた最終ステージ。

それを無に帰すわけにはいかない。

（もっとも、この準備が解決に至る手段ならの話だけどね）

「位牌山」の伝説にはなぜ、逃れる手段が書いてないのか。一旦、伐り倒してしまった木は、山の土に戻しても、安らぐことはないのだろうか。

「……どこに行くの？」

再び歩き始めた私に、もう一度、矢口が訊いてきた。私は無言のまま、道を曲がった。むくれているわけではない。何かを言ったら、そのまんま涙声になりそうだからだ。

緩いカーブを曲がり終えると、先に赤い色が見えた。

鳥居だ。

私はまだ口を閉じたまま、視線で彼らにそれを示した。

「神社に木を納めるのか」

田崎が呟く。

(ああ、そういう手もあるか)

私が納得しかけたとき、

「入っては、だめえ!」

矢口が声を張り上げた。

彼女は私達の前に回ると、紙袋を捨てて両手を広げた。

「ここは穢《けが》れを捨てたんだから!」

「矢口さん」

若尾が眉を顰めた。

「ここで、私達、お祓いしたじゃん! だから、もう戻ってはダメ!」

(また、理屈の通らないことを……)

私は小さくかぶりを振った。

彼女のお蔭で、一時的にせよ、恐怖が少し薄らいだ。私は窘《とが》める口調で言った。

「矢口さんは、どこかの神社で『大祓』を唱えると、そこの神社には二度と行かないの？」

「…………」

「神主さんは毎日毎日、『大祓』を唱えているわよ。もしも、それで落ちた穢れが境内に溜まっているというなら、神社はパワースポットどころか、ゴミ溜めみたいな場所になるでしょ」

「わ、私達の、祝詞は特別だもの」

矢口が上目遣いになる。その言葉に、単純に、私は強い怒りを覚えた。

「その特別な祝詞を唱えた、小野寺さんはどうなったのよ」

言いたくはない、ひと言だった。

しかし、効果は覿面《てきめん》だった。唇を震わせて、矢口は黙った。

私は残りのふたりを見渡し、

「とりあえず、前まで行ってみましょう」

鳥居の方に足を進めた。

「場合によっては、矢口さんは外で待っていてもいいわよ」

一応、彼女にも言葉を掛けた。ついてこなくなったら、面倒だからだ。

項垂れ、矢口は私に続く。私はその様子を観察した。

なぜ、ここまでの忌避を見せるのか。理由を知りたいと、私は思った。

口にしたままの理由なのか。

それとも、別の何かに怯えているのか。

(可能なようなら、本当に、ここに木を置いてもいいかもしれない)

そうすれば、気持ちの悪い廃墟には寄らないで済む。そこに、僅かな期待もあった。

四人は押し黙ったまま、赤い鳥居の正面に立った。

少し古びた額束に『山神社』と記されている。

ここだ。

「え……」

背後で、微かな声が聞こえた。

振り返ると、三人は茫然と口を開けている。私は首を傾げて、前を見た。

想像どおり、ここの神社は祝山をご神体とした、遥拝所であるらしい。というより、登拝の入り口か。

鳥居の奥には、崩れかかった石段が延々と延びていた。

もう、上《のぼ》る人はいないのか。その石段は途中で崩れ、土砂と落ち葉に替わっている。

――「位牌山」が祝山になってから、祀られたのかもしれないな。

私はそんなことを考えた。

それとも、猛《たけ》き神の御座所として、その神霊を慰めるため、山の神が祀られたのか。

「入ラズ山」の名前には、石段は少し、似合わない。

背後で、ゴトッと音が聞こえた。

田崎が〝プレゼント〟を落としている。

隣で、若尾が傍目でもわかるほどに戦慄《わなな》いていた。

「どうしたの?」

訊いた途端、私も寒気が甦った。

冷気は、背にした神社から来る。背中に何か、大きな獣が迫ってくるかのように思えて、私は慌てて、脇に回った。

本能的な危機感に、若尾の手を引っ張ると、彼女は引きずられるように、膝を崩して、地面に座った。

「若尾さん⁉」

私は肩を揺すった。若尾は震える手で、鳥居を指した。

「そ、その石段の上に……しゃ、社殿が建っていたんです」

「……え？」

「きき、綺麗な、おっ、お社で。鏡があって」

「若尾さん。落ち着いて」

「ずっと、……私達、ずっと、上っていったんです」

「あの石段を？」

「だから……違う」

若尾の目から涙が零れた。

「私達、何に、お参りした、の……？」

「だから、来たくないって言ったのにいっ！」

矢口が地団駄を踏んだ。

田崎は棒のように突っ立っている。

私は事態が理解できずに、三人と鳥居を交互に見た。

（つまり？）

若尾達は、石段の上に社殿を見たのか。

ありもしない神社を見、そこにお参りし、唾を吐いたのか。

私は鳥居の奥を見た。

陰影の濃い夏景色の中、石段は役目を終えたごとくに、途中で潰《つい》え、鎮《しず》まっている。

山が嘲笑っているような気がした。

山中他界という言葉がある。

または、マヨイガという伝承がある。

祝山は、否、位牌山は、そんな民話を弄《もてあそ》び、人を死に至らしめるのか。

（……やはり、ここに木を戻そう）

痺れるような冷気を感じながらも、私はそれを決意した。

石段が山に続くなら、鳥居の奥は、既に祝山の一部だ。許されるかどうかは不明だが、山のものは山に返す――。それが、私達のできる精一杯のことだろう。

私は地面に転がった、木から包装紙を解き始めた。

「矢口さんも、包みを解いて」

言ってはみたが、矢口は体全体で拒絶を示し、足踏みだけを繰り返している。私は紙袋を取り上げた。半ば腰の抜けたまま、若尾がそれを手伝った。

「ここに……木を戻すんですか」

うまく回らない舌で、若尾が訊いた。

「そう。これは、製材所の持ち物じゃない。元々は山のものだから」

いまだ、寒気は退かないが、幸いにも、私は幻の社殿とやらを見ていない。直接の実感がない分、私には余裕があった。

三つの木切れをそれぞれに分け、私は三人に渡そうとした。矢口と田崎が拒絶する。

「田崎さん。ちゃんとしないと、その右腕、治らないわよ」

脅すと、田崎は短く喘いで、長い材木を手に取った。何も言わないうちに、矢口が喚《わめ》く。

「私は嫌！」

「なんで。怖いの？」

「怖いよおっ！」

髪を振り乱し、彼女は体を揺さぶった。最早、幼稚園児に近い。私は息を嚙み殺し、

「先に行って」

取り敢えず、若尾と田崎を促した。

青ざめた顔で、若尾が頷く。彼女は小さな木片を慎重に両手で掲げると、まだ定まらない足取りで、鳥居の中に入っていった。その後ろに田崎が続いた。

明度の低い境内の中、ふたりが石段の両端に、それぞれ木を置くのが見えた。

田崎が駆け戻ってきた。ひきつった顔に、安堵で緩んだ笑みが徐々に被さってくる。

逃げ切れた、と思ったのだろう。田崎は歯を見せて、肩を揺すった。

もちろん、これで、彼の手が良くなる保証はどこにもない。

さっきの台詞は、子供騙しの脅し文句だ。

しかし、これは儀式だった。少なくとも、私と若尾、ふたりの精神衛生上、これは必要な儀式だった。

静かに、若尾も戻ってきた。

さすが、神道の家だけはある。彼女はひどく慇懃《いんぎん》に、鳥居に向かって拝礼した。やはり、ホッとした顔をしている。

残るは、矢口ひとりだけだ。

彼女はどう宥《なだ》め賺《すか》しても、木切れを持とうとしなかった。自分から気を落ち着けて、考えるつもりもないらしい。

子供がそうであるように、矢口は最早、否定するためだけに、泣いて体を捩《よじ》り続けた。

説得が虚《むな》しくなってくる。

色々、理屈をつけているうちに、私自身、なんで、こんな馬鹿げたことを強要しなければならないのか、段々、わからなくなってきた。どうでもいいと言えば、どうでもいいのだ。

私は一度、口を閉ざして、大きな溜息を吐いた。

その束の間の沈黙を見て、陽気さを取り戻した顔で、田崎が鷹揚《おうよう》に近づいてきた。

「ヤグっちゃんは、怖がりだなあ」

言うと、彼は私から、ひょいと木切れを取り上げた。

そして、高く掲げると——留める間もなく、力一杯、それを境内に投げ入れた。

鈍い音と共に、石段に木が当たって、地面に転がる。

私はその放物線を、ただ、呆気《あっけ》に取られて見送った。

「ほうら。これでもういいだろう？」

「やったあ！　田崎さん、大好きい！」

ふたりの声が森に響いた。

「……なんて、ことを」

喉を詰まらせ、若尾が喘ぐ。

私は鳥居から目を逸らし、そうしてまた、鳥居の奥を見た。

山は昏《くら》く沈黙している。

私の唇が少しだけ、微笑に似た形を作った。

「帰るよ」

誰の顔も見ず、私はバス停に向かって踵を返した。

気づくと、寒気が失せていた。

（終わったな）

と、私は思った。

十八

待っても、バスは来なかった。

時計を見ると、帰りのバスは行ってしまったばかりのようだった。

矢口を説得している間に、通り過ぎてしまったのか。それとも、まだ来ていないのか。

いずれにせよ、一時間近く待つよりは、歩いたほうが気が紛れる。

たとえ、途中でバスが来ても、きっと停まってくれるだろう。

次のバス停は、廃墟の先だ。

そこを通るのは、気が進まないが、私は少しでも早く、神社から遠ざかりたかった。

時計は三時を回っている。

まだ日暮れには時間があったが、次のバスは四時台になる。山間《やまあい》の道は、早く暗くなる。

それ以前に、太陽はいつの間にか、雲に隠れていた。

（下手すると、降るな）

夕立が来る。

そこに因果を感じるには、私は疲れ過ぎてたし、加えて、あまりに虚しかった。

(あれだけ、苦労した結果がこれか)

体に力が入らない。

(あれだけ、振り回されて、このザマか)

できることなら、全員が納得する形で終わりたかった。

しかし、苦労がすべて報われるなら、受験で落ちる奴はいなかろう。

矢口は暑いと文句を言い、田崎は盛んにジョークを飛ばし、若尾は黙りこくっている。私はそこより少し離れて、ひとりで先を歩いていった。

空が暗くなってきた頃、道端に枯れた花束を見た。

私は無言で通り過ぎた。

背後のふたりは、案の定、気がつかないようだった。

そして、廃墟が見えてくる……。

さすがに、私も足を留めた。

追いついてきた三人も、門の前に佇《たたず》んだ。

「明るいと、そんなに怖くないじゃん」

矢口がふん、と鼻を鳴らした。

「僕達の後に、誰か来たんだ」

「まあ、夏休みだもんねえ」

「こういう連中の全員が、変な目に遭うんですか、鹿角さん?」

皮肉げに、田崎が訊いてきた。

「さあ」

私は薄く笑った。

私達の身の上に起こったすべてが偶然でも、気のせいでも、私はもう、構わない。

ここに侵入した全員が不幸になっても、また、構わなかった。

結局、すべては解釈次第だ。感性、感情次第でもある。

私が私の心において、何をどう感じ、解釈しても、それを馬鹿正直に伝える義務は、少なくとも、彼らに対しては、ない。

門の近くに、新しい花火の燃えかすが残ってた。

ひび割れたコンクリートの上、スプレーで字が書き殴られていた。

赤い文字は「呪」。青い文字は「死」。

これらを書いた連中は、きっと楽しかっただろう。

そして、今日ものうのうと、夏休みを満喫してるのだ。

到頭、堪えかねた空から、大粒の雨が落ちてきた。

水滴がコンクリートに、灰色の染みを散らかしていく。

廃墟に侵入した〝山〟が、雨にざわざわ揺らぎ始める。

目を伏せ、私は頭を抱え、バス停目指して、走り始めた。

※　※　※

駅に着いたときはもう、雨はすっかり上がっていた。

いや、町の方は、降らなかったのかもしれない。

道は綺麗に乾いていた。

「あの雨、何？　酷いよねえ」

タオルを出す田崎に向かって、矢口が甘えた声を出す。どうやら、彼女は小野寺を忘れ、田崎に的を替えたらしい。

電車の到着を待つ間、私はベンチに座っていた。

もう、眠くて堪らなかった。若尾には寝ろと言ったけど、私自身、昨晩はほとんど、眠れなかったのだ。

緊張の糸が切れたため、余計に睡魔が襲ってくる。

（電車に乗るまでは、起きていないと）

私は欠伸を嚙み殺し、隣の若尾を窺った。

やはり目の下に隈《くま》を作って、彼女は切なげに微笑した。

その意味を問うことも、もう、しない。

「私、和歌山に帰ることに決めました」

静かに、彼女が囁いた。

「そう……」

「実は、この間から、何度も祖母が夢に出てくるんです。それで、すごく心配してくれて、家に戻っておいでって」

「ああ、なるほどね」

私は素直に納得した。

彼女のようなタイプのことを「お守りが強い」というのだろう。だから、本人は渦中にいても、大した目に遭わなかったのだ。

こういう人は、羨ましい。

私なんぞは、関係なくとも、変事が向こうから近づいてくる。それで……、

(もう愚痴は言いたくないな)

私は思考を断ち切って、

「和歌山は、神様も強いからねえ」

ぽやっとした調子で呟いた。

若尾が目をしばたたき、思い出したように頭を下げる。

「今日は……助けてくださって、本当にありがとうございました」

「私は何もしてないですよ」

「でも、祝山の木のことを、見事に当てたじゃないですか」

「あ、あれは」

私は笑った。

そして、鞄に入れておいたコピーを出した。

霊能者のふりが失敗したら、これを見せようと思っていたのだ。

私は里美から貰ったコピーを、素早く彼女の鞄に移した。

「後で見て。カラクリがわかるから」

若尾がきょとんとした顔になる。

「私は霊能者じゃないですよ？」

澄まして言うと、若尾は益々、困惑したように眉尻を下げる。それに笑いを堪えていると、矢口がバタバタ駆けてきて、私の隣にどすんと座った。

「ねえ。今日のこれも、小説になる？」

まだ、そんなことを言っているのか。

少し晴れた気が、また曇る。

私はうんざりした表情を見せないように努めて、笑んだ。

「……そうね。いつか」

今日限り。別れるまでの辛抱だ。

私は心の中で唱えた。

今日で、矢口とは縁を切る。

二度と会わない。メールも見ない。電話も出ない。

私はそう、決意していた。

祟りなんかには振り回されない。私は彼女が嫌いになった。だから、手を退く。それだけだ。

ホームに電車が入ってきた。

私はさっさと乗り込んだ。お喋りを止めないままに、矢口がまた、私の隣に座る。

(頼むから、帰りは寝かせてくれよ)

徹夜に強い質《たち》なのか。向かいに座った田崎は、既に寝る体勢に入っているのに、矢口は、ずっと、はしゃいでいる。

木を投げ捨ててから、ずっとだ。

私が溜息を堪えていると、突然、

「あ。バッグ！　ベンチに忘れた」

矢口は子供のように、跳ね上がり、ドアの外に駆け出した。

発車ベルが鳴り、扉が閉まる。

「矢口さん⁉」

慌てて、私は振り向いた。

彼女はベンチの脇に立ち、焦るでもなくこちらを見ていた。

満面の笑みを浮かべている。

電車が緩やかに走り始めた。

「矢口さん！」

若尾も叫んだ。

果して、その声が届いたか——矢口は大きく手を振って、「バイバイ」と口を動かした。

矢口は戻ってこなかった。
家にも、どこにも戻らなかった。
携帯電話の入ったバッグは、そのまま駅に置いてあった。
彼女は身ひとつで、我々の前から姿を消した。
失踪の理由はわからない。
わかりたくないというのが、正直なところだ。
最後に見た笑みだけが、私の記憶に焼きついている。
——だから、私は書くことにした。
消える直前まで、彼女は自分をモデルに書けと言い続けていた。

今思うと、その言葉こそ、かつて私の知っていた、矢口朝子の本心だったのかもしれない。

彼女は自分の身の上に、降りかかった災いを知っていた。そして、きっと悔いていた。

取り返しのつかないことをしてしまった事を知り、同じ過ちを繰り返さないよう、伝えたかったのかもしれない。

真実はわからない。

けれど、彼女の願いを果たすため、私は今、原稿を書いている。

これで、できることのすべては終わる……。

ちなみに、若尾は郷里に戻ったのち、アレよと言う間に結婚し、今は新生活を楽しんでいる。

田崎とは矢口の失踪直後、数度、連絡しただけで、現在は交流が途絶えている。最後に彼と会ったとき、腕はまだ治ってなかったが、今はどうなっているのやら。

『ガイア・バザール』と『スワミ』も、もう、ない。

もちろん、小説にするに当たっては、舞台も性別も名前も変えた。

鹿角南は、本当はもっと優柔不断だし、若尾はもっと霊感体質だ。起こったことも、小説らしく、少し派手に脚色している。

だから、これはフィクションだ。

私はそのうち、ひょっこりと、矢口は戻ると信じている。

その日のために、メールも電話も、着信拒否はしていない。

連絡が来たら、本を渡そう。

「あなたが望んでいたとおり、廃墟の祟りを書きました」

少し澄まして言ってのち、私は「無事で良かった」と、彼女の肩を叩くのだ。

〔参考文献〕
瓜生卓造『檜原村紀聞　その風土と人間』　平凡社ライブラリー

光文社文庫

文庫書下ろし／長編ホラー小説

祝《いわい》　山《やま》

著者　加《か》門《もん》七《なな》海《み》

2007年9月20日　初版1刷発行
2024年4月30日　9刷発行

発行者　三宅貴久
印刷　堀内印刷
製本　ナショナル製本

発行所　株式会社 光文社
〒112-8011　東京都文京区音羽1-16-6
電話（03）5395-8149　編集部
8116　書籍販売部
8125　制作部

落丁本・乱丁本は制作部にご連絡くだされば、お取替えいたします。
ISBN978-4-334-74305-5　Printed in Japan